Lele Frank

„W"...
wie Wer<u>BU</u>(H)ng

© 2016 Lele Frank

Umschlag, Illustration: Lele Frank

Verlag: tredition GmbH, Hamburg

Paperback   ISBN   978-3-7345-2434-9
e-Book   ISBN   978-3-7345-2436-3

Printed in Germany

www.tredition.de

Die Autorin Lele Frank wurde 1957 in Bad Kreuznach geboren, ist Bauingenieurin, und hat über 35 Jahre in dieser Branche gearbeitet. 2012 hat sie Beruf und Firma aus persönlichen Gründen aufgegeben, und wegen einer dramatischen Beziehung die Liebe zur Schriftstellerei entdeckt.

Mit ihrem ersten Buch „Tanz der Optimisten", welches eigentlich einen therapeutischen Zweck erfüllen sollte, hat sie sich zurück ins Leben geschrieben.

Sie lebt an der Ostsee und bezeichnet ihre jetzige Tätigkeit als:

„Das Leben genießen."

„W"... wie WerBU(H)nG.

Ich gebe es zu...: Es war mir ein Bedürfnis dieses Buch zu schreiben. Manchmal möchte ich abtauchen in eine stille, heile Welt und mir Augen und Ohren zuhalten. Manchmal kann man es einfach nicht mehr sehen... nicht mehr hören. Natürlich werden die Erschaffer dieser... dieser... na, ja, sagen wir mal so: Dieser intelligenzfreien, geistigen Ergüsse mich hassen wie Galle. Aber ich schätze mal vorab: Es ist mir egal. So egal, wie es unseriösen Kredit-Anbietern ist, ob sie mit ihren dubiosen Angeboten, für die man nicht einmal eine Schufa-Auskunft vorlegen muss, ihre Kunden die nächste Klippe hinabstürzen. Sie lachen sich ins Fäustchen wenn sie wieder einen Dummen erlegt haben, der mit einem neuen- noch größeren Loch, ein anderes – bereits vorhandenes – stopft. Wozu auch eine Schufa-Auskunft, wo es doch so totschicke Inkassounternehmen gibt? Dies ist eine Sparte ohne große Angst um die Zukunft. Genauso wie diese skrupelfreien Rechtsanwälte, die sich mit absurden Abmahnungen ihre täglichen Brötchen verdienen. Die würde ich allesamt gerne an einer hohen Klippe stehen sehen, und beim „Schubsen" ein kleines bisschen nachhelfen.

Und lispeln englisch, wenn sie lügen.
Johann Wolfgang von Goethe

(1749 - 1832), deutscher Dichter der Klassik, Naturwissenschaftler)

„So muss Technik, sieh mal her..." Meine Freundin drückt auf den silbernen Knopf ihrer neuesten Neuerrungenschaft, und sofort strömt ein wundervoller, vielversprechender Kaffeeduft durch die Räume, der mir; das Wasser im Munde zusammenlaufen lässt. Bewundernd stehe ich neben ihr und kann es kaum abwarten bis sie mir die duftende Tasse in die Hand drückt. Ihr nagelneues Smartphone meldet sich ungebeten zu Wort und zerstört diesen beinahe schon spirituellen Vorgang des Kaffee Zapfens. Diese Dinger soll der Teufel holen, teilweise mitsamt ihren kommunikations-schmalen-, Köpfe neigenden Besitzern. Ausgenommen meine Freundin natürlich. Miteinander reden in Light-Version? Diese großflächig verbreitete Epidemie, die, die meine Toleranz auf eine harte Probe stellt und mich an der digitalisierten Welt verzweifeln lässt. Knöpfchen drücken, Emoticon auswählen und schon weiß dein Gegenüber, wie du drauf bist. So muss Technik. Sie macht's möglich... diese Technik. In diesem Moment schäme ich mich fast für mein altes "ich-kann-nix-außer-telefonieren-Handy", und bin froh, dass es draußen im Auto liegt, weil ich es vergessen habe. Wie so oft. Während sie telefoniert beobachtet sie mich kritisch. Sie legt die Stirn in Falten wie ein erstklassiger Mastino Welpe, weil sie, es noch kann... Ihre Stirn in Falten legen, meine ich, und sie schüttelt genervt mit dem Kopf. Gleich, wenn sie fertig ist mit telefonieren, werde ich mir eine hübsche Gardinenpredigt anhören dürfen. Ich kenne das schon. Sie legt auf. Achtung. Gleich.

„Was zappelst du schon wieder herum wie ein Waldmeisterpudding? Du machst mich ganz nervös, Menschenskind. Wer soll denn dabei konzentriert telefonieren?"

„Wer war das denn? Deine Mutter?"

„Ja. Sie geht mir auch auf die Nerven. Dauernd jammert sie ohne Anlass nur herum. Mit nichts ist sie zufrieden. Wenn sie – wieder einmal – der Meinung ist, dass wir uns nicht genügend um sie kümmern, lässt sie sich irgendeine imaginäre Krankheit einfallen, und macht einen auf sterbenden Schwan."

„Ja. Das kenne ich. Meine Mutter ist kein Deut besser. Sie leidet auch gerne."

„Ach was? Wie war es möglich, dass sie dann, eine so stahlharte Tochter zur Welt bringen konnte?"

„Keine Ahnung. Und sooo stahlhart, wie du glaubst dass ich bin, so ist es ja auch nicht. Zurzeit bin ich ganz schön dünn mit den Nerven."

„Warum das? Du hast dich doch selbst in den Ruhestand geschickt, und deinen Burnout soweit ganz gut überwunden, oder nicht?"

„Na ja. Lass dich mal nicht täuschen. Ganz so

einfach ist es nicht. Die geringste Belastung- die kleinste Abweichung, zum Beispiel wenn ich meine Scholle verlassen muss, die können mich im Nullkommanix aus den Schuhen fegen, auch wenn ich mir noch so große Mühe gebe."

„Vielleicht solltest du damit aufhören wie eine Gestörte durch die Gegend zu rennen. Das kostet doch eine Menge Kraft jedes Mal. Ich habe es doch schon selbst gesehen, wenn du auf dem letzten Loch pfeifend, daher kommst wie eine abgehetzte Marathonläufern. Ob das so gut ist? Versuche es doch mal mit Yoga. Das soll wirklich gut sein. Und teuer."

"Yoga? Das ist nichts für mich. Bleib mir bloß vom Leib mit diesem ganzen heilen Welt-Scheiß", entgegne ich entsetzt. Sie grinst mich schelmisch an und nickt zustimmend. Sie versteht mich. Und ich weiß wieder warum ich sie so liebe.

„Warum machst du dann so ein grimmiges >bleib-mir-bloß-vom-Leib-Gesicht< und hüpfst von einem Fuß auf den anderen? Was ist schon wieder los mit dir? Hast du eine Schreibblockade?"

„Habe ich nicht. Im Augenblick schreibe ich an nichts. Nur... Ich sehe da was auf mich zukommen, weiß aber noch nicht so genau was es ist. Mir geht so vieles auf die Nerven. Vor allem mein Fernseher. Ich glaube, ich bin bald mit ihm durch. Meine Adventur-Tour in Sachen TV-Genuss neigt sich dem Ende entgegen. Sag' mal deinem Smartphone dass es die Balkontür zu machen soll. Mir ist kalt. Und ich bin so nervös weil ich immer noch auf meinen köstlichen Kaffee warte. Mach hinne."

„Wieder nicht geschlafen?"

„Bingo."

„Du hast aber auch eine seltsame Schlaferei beieinander. Wie hältst du das bloß aus? So wenig Schlaf?"

„Amöben brauchen nicht viel Bettruhe. Wie du weißt, habe ich ja die Evolution verpasst. Du hast übrigens schon lange nicht mehr Jeti-Jette zu mir gesagt. Liebst du mich überhaupt noch?"

„Ja ja. Schon. Aber im Moment genügst du mir nicht. Ich brauche was zum kuscheln. Etwas für die Kissen, ein wenig Leibesübungen… du verstehst. Trotzdem... Lenke nicht schon wieder ab. Was ist los? Ich sehe dir doch an, dass du etwas am ausbrüten bist."

„Warum sollte ich permanent gute Laune haben, wenn ich doch so gerne schlecht gelaunt bin? Gerne kritisch bin, und, an dem ganzen Werbeversprechungsirrsinn selbst fast irre werde-, mich regelrecht misshandelt fühle von meinem eigenen Fernseher. Die letzte Fraktion zu der ich gehören möchte, ist die >Mini-Cabrio-wehendes Haar-Gemeinschaft< von ewig entrückt lächelnden Frauen, auf der Suche nach dem Weltfrieden und

ewiger Jugend. Erschaffen aus Cremchen und Tie-
gelchen-, wenn das nicht mehr hilft, auch gerne ein
schmuckes Skalpell oder eine heilbringende Botox
Spritze, bequemen Zwangsjacken mit dem klangvollen Namen Shapewear, und was weiß nicht
noch alles für einen heilbringenden Krempel. Man
blickt ja kaum noch durch. Ständig wird das Rad
neu erfunden. Ihre-, also diese Frauen meine ich,
ihre rosaroten Designerbrillen sind so beschlagen,
dass sie damit nicht mehr über den eigenen Teller-
rand hinausblicken können, uns aber weismachen
wollen, dass sie, das imaginäre Seelenheil voll und
ganz beherrschen. Sobald sich aber eine neue Falte
auf ihre Gesichter wagt, plündern sie hemmungslos den Warenbestand auf dem Konto ihrer Männer, falls sie kein eigenes haben, und rennen was
die Sohle-, oder das schicke Cabrio so hergibt, um
bloß nichts zu verpassen was die Verzögerung des
Alterns verspricht. Diese braven Konsumentinnen,
die hübsch alles in ihren Warenkorb legen was
ihnen die Werbeindustrie-, auf teils sehr geschmacklose Art und Weise, in ihre hochbegabten
hohlen Köpfe flüstert, die gehen mir gehörig auf
die Nerven. Solche Angaben wie: In nur zehn Tagen eine bis zu 40%-ige Verbesserung der Mimik-
Fältchen, lässt mich jedes Mal aus meiner Epidermis fahren. Oder noch unverschämter: Eine Firma
behauptet ein Produkt zu besitzen, welches bis zu

hundert Prozent dein epidemisches Martyrium lindert. So ein fürchterlicher Schwachsinn. Eine Formulierung "bis zu...", lässt auf der Skala nach unten einen Spielraum zu, den man nicht genau definieren kann. Hinter dieser ungreifbaren Definition verstecken sich die Hersteller, und erteilen sich prophylaktisch eine Absolution, schon für den Fall, dass es logischer Weise nicht funktionieren *kann*. Wozu das Ganze? Wozu dieser allgegenwärtige Jugend- und Schlankheitswahn?"

„Du hast vielleicht Probleme. Das kann dir doch alles egal sein, wenn du dich ohnehin nicht da hineinziehen lässt."

„Ja schon. Ist es aber nicht. Egal, meine ich. Aber man kommt sich so... so manipuliert und vergewaltigt vor. Regelrecht gestalkt von der Werbung. Manche Sender bringen mehr davon als eigentliche Beiträge. Das ist doch nicht mehr normal, oder? Ich fühle mich ausgestoßen, weil ich da nicht mitmachen will."

„Ausgestoßen? Du? Dafür hast du schon selbst gesorgt Jeti-Jette. Ich frage dich schon gar nicht mehr, ob du mal mit unserer Frauenclique ausgehen willst. Du lehnst ja doch jedes Mal ab. Außer zu mir zu kommen, und tiefschürfende Gespräche zu führen, bist du zu nichts mehr bereit. Für meinen Geschmack übertreibst du deine Einigelungstaktik ganz gewaltig. Es grenzt schon fast an Einsiedelei was du da zelebrierst. Wo willst du damit noch hin? Ins Kloster?"

„Lass mal die Kirche im Dörp. So schlimm ist es jetzt auch wieder nicht. Ich bin nun mal sehr gerne alleine. Ist das ein Wunder? Nach alle dem was mir passiert ist?"

„Nein. Natürlich nicht. Aber übertreibe es nicht, und bleibe bei uns. Wir lieben deinen Zynismus. Ohne ihn wäre es langweilig."

„Schönen Dank."

„Wofür?"

„Na, für das nette Kompliment. Zynismus und so. Komme ich so tatsächlich auf euch alle rüber? Verwechselt ihr da nicht den gesunden Menschenverstand mit dieser fatalen Bezeichnung? Zynismus hat für mich irgendwie einen bitteren Beigeschmack. Solche Menschen sind in der Regel todunglücklich. Das könnt ihr mir nicht nachsagen. Glücklich bin ich wirklich. Voll und ganz. Das weißt du auch. So angekommen wie heute, so, habe ich mich noch nie gefühlt. Vielleicht gerade deshalb, weil ich, irgendwie ausgestiegen bin."

„Behaupte ich ja auch nicht, dass du, nicht glücklich wärst. Das sieht man auch. Aber du musst mir zugestehen, dass du langsam aber sicher ein wenig weltfremd wirst. Übertreibe es nicht mit deinem, für meinen Geschmack, etwas zu konsequenten Rückzug, sonst muss ich mir noch

Sorgen machen. Das würdest du doch nicht wollen, oder?"

„Was denn?"

„Sorgen machen um dich."

„Nein. Natürlich nicht. Alles ist gut."

„O.k. Ich bin gerne beruhigt."

„Ich muss jetzt aber nach Hause. Fühlt sich an, als wolle ein neues Buch auf die Welt kommen. Seit Monaten liege ich schon in den Wehen. Ich spüre wie es in mir brodelt. Es tropft schon. Ich gehe dann mal besser. Danke für den hervorragenden Kaffee. Dieses Ding da – ich zeige auf die neue Kaffeemaschine – die ist ihr Geld wirklich wert. Wo hast du sie überhaupt her?"

„Aus der Werbung natürlich."

„Klar. Was sonst. Warum frage ich auch so blöd. Hätte ich mir doch denken können. Es war – wie immer - schön und aufschlussreich bei dir. Tschüss dann. Bis irgendwann."

„Ja. Tschüss. Ich freue mich schon."

„Worauf?"

„Aufs nächste irgendwann."

Das war vor sieben Monaten. Ich fuhr nach Hause und… schrieb.

Am Anfang war die Wimper.

Meine Wimper, um etwas präziser zu werden. Sie sind nämlich ziemlich kurz, viele sind es auch nicht, so, dass also hier nicht von einem dichten Wimpernbewuchs die Rede sein kann. Außerdem: im Sommer erlauben sie sich zu erhellen, so, dass sie kaum noch zur verführerischen Wirkung dienen können. Natürlich muss man dann Abhilfe schaffen. So kann „Frau" doch nicht herumlaufen. Mit einer Körpergröße von gerademal 1,65m Gesamtlänge falle ich doch ohnehin durch jedes Raster. Mit 63 Kilo – oder waren das nicht sogar Tonnen? ich bin schon ganz konfus – wagt man sich ja kaum noch aus dem Haus. Jedenfalls danach nicht, wenn man gerade Heidi Klum auf der Mattscheibe gesichtet hat. Wie macht die Frau das bloß? Bei ihrem Gewicht kommt so manche Zwölfjährige ins Schleudern. Wenn da mal nicht Formoline L 112 im Spiel ist. Von wegen Personaltrainer und low-carp Pampe. Voraussetzung ist natürlich, dass man zu jeder Mahlzeit ein Päckchen Butter verputzt, sonst wirkt das Zaubermittelchen nämlich nicht. Welche abnahmewillige Frau interessiert das denn schon, dass sie sich, anschließend nur noch in unmittelbarer Umgebung einer Toilette aufhalten muss. Dieser Fettbinder hat so seine Tücken. Vom „roten Teppich" aus zum nächsten stillen Örtchen, ist vermutlich kein großes Problem, aber… im Alltag…? Ich weiß nicht. Das kann schnell mal in die Hose gehen. Für mich wäre das nichts, denn ich bin viel zu zerstreut und vergesse auch schon mal meine körperlichen Bedürfnisse, was die Sache aber hinten raus, dann nur noch dringlicher gestaltet. Dann schon lieber ein Magenband. Nahrungsaufnahme in homöopathischen Dosen, das wär`s doch. Wenn ich nur nicht so eine höllische Angst vor Ärzten hätte. Wem soll man da noch trauen? Was man da so alles hört. Von ganzen Heerscharen tödlicher Viren ist die Rede. Allerdings – ich muss gestehen, dass sich an den äußeren Oberschenkeln, so ganz in der Nähe des Gesäßes, eine unwillkommene, haushaltsübliche Cellulite breit macht. Gelegentlich verursacht diese Tatsache mir großen Kummer. Rein optisch gesehen lässt sich hier aber im Nullkomma nix aber wirkungsvolle Abhilfe schaffen. Tele-Shopping und Co. haben diese unerwünschten Körperstellen voll im Griff. Für teures Geld darf man sich in eine Unterwäsche zwängen, die die unbedingte Zuhilfenahme einsatzbereiter Feuerwehr unumgänglich macht. Es soll Fälle gegeben haben, bei denen die Trägerinnen nach wenigen Stunden Tragezeit blau angelaufen sind. Man hat auch schon davon gehört, dass einige Frauen sich mit der Schere wieder befreien mussten, sonst wären sie erstickt. Den nicht so tollkühnen Damen sei geflüstert: „Bei diversen

Discountern gibt es eine auffallend preisgünstigere Variante, aus der man auch ohne fremde Hilfe wieder herauskommt." Glaubt man der marktschreierischen Werbung für diese eher wenig erotisch wirkende Unterwäsche, so lässt „Frau", gute zwei Kleidergrößen, ganz ohne Schweiß und Verzicht, einfach mal ganz locker hinter sich, genau wie ihren Mann – der bei diesem Anblick im Stechschritt das Schlafzimmer verlässt. Der Mann meiner Freundin hat sich – nachdem er in einer weinseligen Laune versuchte sich ihr romantisch zu nähern, und Sichtkontakt nach dem *„Darunter"* aufgenommen hatte – einen bleibenden Schaden zugezogen. Man möchte fast sagen dass er traumatisiert ist. Mittlerweile ist er ein überzeugter Konsument von potenzsteigernden Krücken in Tablettenform geworden. Nach diesem Schock, so behauptet er, ginge nichts mehr. Das Bild wolle ihm einfach nicht mehr aus der Erinnerung verschwinden. Sogar Albträume habe er schon zu verzeichnen, und er denke ernsthaft über eine umfassende, stationäre Therapie nach. Womit wir auch schon beim Thema wären. Bei *dem* Thema schlechthin. Dieses gut gehütete, peinliche Geheimnis eines Mannes, der seinen Mann nicht mehr stehen kann. Wenn ihr mich fragt…: „So ein hausgemachter Unfug." Wenn ich keinen Pilotenschein habe, komme ich wohl kaum auf die Idee mich in einem

Flugzeug hinters Steuer zu klemmen und mit dem Ding eine Runde zu drehen, weil es mich umbringen könnte, wenn ich dieser Verwegenheit nachgäbe. Mal ganz abgesehen davon, dass mich auch keiner lassen würde. Also: Bleibt mir wohl oder übel, nichts anderes übrig, als auf dem Boden der Tatsachen zu bleiben. Selbst wenn es eine Wunderpille gäbe, die mir ein sogenanntes „Express-Wissen" einflößen könnte, würde ich es mir hundert Mal überlegen, ob ich für dieses Abenteuer mein Leben aufs Spiel setze. Diese vernünftige Haltung nenne ich jetzt einfach einmal: „Die Sichtweise der Frau." Der meisten jedenfalls. Natürlich gibt es Ausnahmen. Aber die Evolution hat uns das nun mal so in die Wiege gelegt. Schließlich sind wir Frauen die Versorger der Brut. Wir können uns alleine deswegen keinen Leichtsinn erlauben. So. Nun gibt es aber auch noch das andere-das eigentliche schwache Geschlecht. *„Den Mann."* Ob hetero- oder homosexuell, macht bei diesem Thema, ganz bestimmt keine Unterschiede. Auch dann nicht, wenn ein Ausnahmeexemplar bevorzugt aufblasbare Gummipuppen begatten will. Auch dafür wird eine gewisse Funktionstüchtigkeit vorausgesetzt. Und dieser *Mann*, dem, aus welchen Gründen auch immer, sein einziges Stückchen fleischgewordene Identität den Dienst versagt, der riskiert alles. Wirklich alles. Um jeden

Preis will er ein ganzer Mann bleiben, weil er irrtümlich glaubt, dass Männlichkeit einzig und alleine daran festzumachen ist, ob er seinen Pilotenschein noch hat. Die Überlegung, dass es eine vorübergehende Fatalität sein könnte die sich bei geistiger Umstellung vielleicht von alleine wieder behebt, die kommt ihm natürlich nicht. Dass es in dieser sexualisierten Welt tatsächliche Frauen geben könnte, die sogar ganz gerne darauf verzichten würden, darüber denkt er natürlich nicht nach. Denn: Es kann nicht geben, was es nicht geben darf. Auch die Tatsache dass er trotz Dysfunktion seines besten Stückes, immer noch der „Alte" ist, und womöglich sogar noch von seiner Partnerin geliebt wird, die lässt er natürlich ebenso unberücksichtigt. Diejenigen, die aus gesundheitlichen Gründen kaum noch auf Besserung hoffen können, sind handfeste Suizid-Kandidaten. Weiß man um ihr pikantes Geheimnis, befindet man sich in ständiger Sorge um sie. Dabei ist das Leben auch ohne die „vier Quadratmeter Jazz" ganz lebenswert. Man muss sich einfach nur so annehmen wie man ist, und nicht mit Gewalt und blauen Pillen sein Dasein riskieren. Und noch etwas: Man redet zwar nur hinter vorgehaltener Hand darüber, aber eine große Anzahl von Frauen – das Alter spielt dabei keine Rolle – wären dem lieben Gott auf Knien dankbar, entschwände endlich diese überschätzte

Potenz ihrer Partner wie von Geisterhand. Sie wollen nämlich gar keinen Sex mehr im eigentlichen Sinne. Tatsächlich. Es ist so. Auch wenn Sie es nicht glauben wollen, ich würde Sie niemals anlügen. Nur... wie gesagt: „man redet nicht darüber." Sonst könnte doch das Männchen auf die Idee kommen, dass Frau, gar keine Frau mehr ist. Wer würde das riskieren? Ich kenne allerdings nur Frauen die dieses – ebenfalls pikante Geheimnis - unter dem Deckmantel der Verschwiegenheit ausplaudern. Von offenen Geständnissen in einer bestehenden Partnerschaft habe ich auch noch nichts gehört. Vielleicht ist ja mein Bekanntenkreis zu klein um meine Recherchen auszudehnen. Ha... Da fällt mir eine nette Geschichte ein. Einmal hatte ich das Vergnügen *die* Folgen zu beobachten, die sich zeigten, *nachdem* ein recht unzurechnungsfähiger Mann – nennen wir ihn mal meinen Ex – unbedingt ausprobieren wollte, ob sich seine ohnehin unangenehme Triebhaftigkeit noch weiter steigern ließe. Ganz wohl war mir bei diesem Laborversuch nicht in der Haut. Ich behielt immer die Ausgangstür in sicherem Blick. Jedenfalls... zuerst tat sich gar nichts. Nach einer halben Stunde ein bisschen was, und ich kam mir schon sehr albern dabei vor, diese Entwicklung genau zu beobachten. Und dann passierte das, was ich mir im Stillen erhoffte. Jaaa, es ist ein bisschen gemein, ich weiß. Aber gönnen Sie mir diese kleine Freude. Der, von mir genauestens beobachtete, unzurechnungsfähige Mann – nennen wir ihn mal meinen Ex – bekam einen Kopf, der von seiner Gesichtsfarbe her an einen handelsüblichen Feuermelder erinnerte. Schweißperlen traten auf seine Stirn, und sein Gesichtsausdruck erinnerte mich an jemanden der auf der Schüssel hockt, und ums Verrecken nicht scheißen kann. Zugegeben – dieser Vergleich ist ein bisschen vulgär. Wenn Sie aber so etwas schon einmal beobachtet haben-, vielleicht sogar selbst erlebt, kann man diesen Vergleich mit schamhaft nach unten gerichtetem Blick durchaus akzeptieren. Man muss auch mal das Kind beim Namen nennen dürfen. „So, mein Freund", dachte ich. „Das geschieht dir mal ganz recht." Und um das Elend noch auf die Spitze zu treiben, habe ich so getan, als wäre mir just in *diesem* Augenblick ein ganz, ganz dringender Termin eingefallen, der sich unter keinen Umständen noch länger hinauszögern ließe, und habe auf dem Absatz kehrt, das Haus verlassen, ohne mich von meiner verdutzten Laborratte daran hindern zu lassen. Liebe Güte… Ich hatte einige Schwierigkeiten beim Autofahren, weil ich minutenlang Tränen lachte, die mir die Sicht verstellten. Aber *ich*… Ich war voll auf meine Kosten gekommen. Nachdem ich mir einen schönen Nachmittag im Grünen – es war an einem sonnigen Sonntagnachmittag – gemacht hatte, und anschließend noch zu einer Tasse Kaffee bei meinen Freunden vorbeigeschaut habe, bin ich gegen Abend gemütlich wieder nach Hause gefahren. Die Feuermelder-Farbe im Antlitz der Laborratte war noch da. Er, der unvernünftige, triebgesteuerte – nennen wir ihn mal meinen Ex - lag vollkommen erschöpft und ausgelaugt auf dem Sofa. Das Malheur stand auch noch in der Gegend herum, und hielt sich hartnäckig. Überredungskünste, sich wieder zurückzuziehen, schienen offensichtlich fehlgeschlagen zu sein. Ich hatte keine Ahnung was geschehen war, hatte Tage später aber so eine Vermutung, weil er über Schmerzen im rechten Ellbogen klagte. Das kommt davon wenn man den dicken Hals nicht vollkriegt, und davon überzeugt ist, das ein Mann nur dann Mann ist, wenn er glaubt dass er immer dann kann wann er will, soll, muss - oder glaubt, dass es von ihm erwartet würde. Diese fatale Werbung von damals hat den stärksten Bullen in Versuchung geführt. Ein ganz neues, spektakuläres Produkt, welches für hinreichend schlaflose Nächte gesorgt hatte. Selbst bei denjenigen die bis dato keine Selbstzweifel hegten. Schaltet man heute, den flachsten Flachbild aller Flachbilder ein, vergeht kaum eine Stunde, ohne dass diese fragwürdigen Potenz-Mittelchen angeboten werden wie bunte Schokokugeln. Irgendwie hat man sich sogar daran gewöhnt und hört kaum noch hin. Woran ich mich jedoch niemals gewöhnen kann, ist die Geschmacklosigkeit der Reihenfolge. Ein paar Werbespots später, schwebt eine fröhliche „Tena-Lady" über den flachsten aller flachen Screens, und schwärmt von ihrer Blasenschwäche. Spätestens dann – ich bin gewarnt - setzte ich mich mit meinem Teller an den Esstisch, und verzichte auf mein asoziales TV-Dinner, weil ich weiß dass gleich der Knüller kommt. Bevor es losgeht drücke ich den Ton auf stumm und schalte eine meiner Lieblings CDs ein die sich immer im Tunnel der Soundanlage befindet. Wenigsten so lange, bis die Tube mit der Wundercreme gegen Scheidentrockenheit, wieder vom Bildschirm verschwunden ist. Man ist nicht einmal mehr auf n-t-v – einem meiner favorisierten Sender - sicher vor diesen... diesen appetitvertreibenden, geschmacklosen, jedes Begehren vernichtenden Müll-Werbungen. Ausgestrahlt zu allen Tages- und Nachtzeiten. Wann immer Sie auch einschalten, *sie* sind schon da und lauern auf Ihre Aufmerksamkeit. Singles essen nun einmal vor dem Fernsehgerät ihr dürftiges Mahl. Das machen wahrscheinlich alle so. Man will ja doch nicht immer alleine sein. Und niemand soll mir versuchen weiszumachen, dass er im manifestierten Singledasein, keine schlechten Angewohnheiten entwickelt. Jeder hat eine- wie auch immer geartete Eigenheit, die er, unbeobachtet von potenziellen Partnern, genussvoll auslebt. Wenigstens bin ich ehrlich. Ich befinde mich auf dem besten Weg zur offensichtlichen Kauzigkeit. Aber schweifen wir nicht ab. Kommen wir zurück zum Thema. Hat eigentlich einmal jemand von diesen fettgefressenen Pharma-Konzernen drüber nachgedacht, ob wir Frauen, *das* überhaupt wollen? Hier wird so ganz einfach über unsere Köpfe ähm... Scheiden und Blasen verfügt, und alle Welt soll in Erfahrung bringen, dass nicht überall ein Feuchtgebiet anzutreffen- oder man unten rum nicht mehr so ganz dicht ist. Demnächst kommt sicherlich jemand auf die Idee einen Werbespot mit einem Produkt in die Öffentlichkeit zu jagen, welches dazu dient, effizient etwas gegen die Krätze zu unternehmen. Dann verklage ich aber jeden einzelnen Fernsehsender. Darauf könnt ihr euch verlassen. Dann verlange ich Schmerzensgeld. Schamgeld. Man muss sich ja in Grund und Boden schämen, überhaupt eine Frau zu sein. Ich möchte nicht in die Köpfe der Männer blicken müssen, wenn sie vor der Glotze sitzen und sich gerade ein paar Chips einverleiben, wenn solche Defizite des anderen Geschlechts über die Mattscheibe flimmern. Dann ist aber Feierabend mit dem allseits beliebten Cunnilingus. Dann bleibt uns Frauen nichts mehr was noch Spaß bringt. Wie soll *er* denn dann anschließend noch können können, der Gute? Kein Wunder dass die Pharmaindustrie einen satten Gewinn mit diesen Hilfspillen einfährt. Kein Wunder dass einem dann der Verdacht nahegelegt wird, hinter der ganzen Reihenfolge stecke ein milliardenschweres System. Mafiöse Strukturen dahinter zu entdecken, wäre für mich, weiß Gott keine große Überraschung. Doch bis derartige Fakten eines Tages als Skandal aufgedeckt werden, fließt noch viel Wasser meinen Abfluss hinunter. Die halten doch alle dicht. Darüber bin ich mir absolut sicher. Geschmacklosigkeiten hin oder her… Hauptsache die Kasse klingelt. Aber…: Wie soll *er* Gesehenes und Gehörtes wieder von seiner porösen Festplatte löschen? Was hier mal drauf oder drin ist, bleibt unwiderruflich, für immer und ewig abgespeichert. Auch wenn die Herren der Schöpfung zur Vergesslichkeit neigen, in diesem Falle bleibt sie vermutlich aus, und wir hoffen vergebens auf gnädigste Vergesslichkeit. Fremdschämen müssen aber *wir* Frauen uns, und zwar bei jedem einzelnen dieser geschmacklosen, impertinenten Werbespots. Diese Werbung lässt den Betrachter vermuten wir Frauen litten – früher oder später – allesamt unter diesen Mängeln. Und außerdem ist es *meine* Krätze, die ich mir im Übrigen, durch den Konsum von Werbung vermutlich einfangen werde. Und meine Krätze geht schließlich niemand etwas an. Ich wollte es nur einmal gesagt haben. Auch wenn mein Einwand vermutlich ungehört verpufft.

Das kommt jetzt davon wenn man sich in Rage redet. Man verliert sofort das anfängliche, eigentliche Thema vollkommen aus den Augen, aus der Wimper. Ja. Diese dumme-, zu kurze, in weniger Anzahl vorhandenen, im Sommer zur Erhellung neigende Wimper. Ein lebenslängliches Manko. Es ist kinderleicht die Werbelügen für alle möglichen Sorten und Arten von angepriesenen Mascara-Stiften zu entdecken, weil sie einfach zu offensichtlich ist. Sie aufzuzählen tut hier nicht Not, weil sie allesamt lügen. Frech lügen. Mir ist noch kein einziges Produkt begegnet, welches nur annähernd, ein einziges dieser Werbeversprechen eingehalten hätte. Jeder noch so dumme Kopf sieht auf den ersten Blick, dass hier - noch dümmer - mit falschen Wimpern getrickst wird, und die Verbraucherin, hinter ein sehr diffuses Licht geführt werden soll. Zur Untermauerung der nie erreichbaren Glaubwürdigkeit, blicken wir auch hier wieder in prominente Gesichter. Und ich frage *mich*... ob eine Heidi Klum es wirklich nötig hat, ihr schönes Gesicht, für eine so dreiste Lüge in die Kamera zu halten. Andrerseits hätte ich mir diese Frage natürlich schenken können, denn es geht ja wieder einmal um den schnöden Mammon. Was sonst. Soweit so gut. Ich habe vertraut, und wurde, natürlich enttäuscht. Die Investitionen läppern sich, wenn man einen nach dem anderen dieser vielversprechenden Mascaras kauft, um ihn, nach erfolgter Enttäuschung dann wieder in die Tonne zu hauen. Alles, was mir aus dieser Testreihe geblieben ist, ist ein großer dunkler Fleck auf meinem kostbaren weißen Kopfkissenbezug. Ich habe es aufgegeben und drücke – in alter Manier – den Ton dieser Lügenbarden weg. Hingegen habe ich mich nicht gescheut – mutig und verwegen wie ich nun einmal bin - mich der *eigentlichen* Lüge kurzerhand zu bedienen, und habe hochmotiviert eine Großabnehmerlieferung für falsches Augenhaar bei Amazon aufgegeben. Dem verhassten Versandriesen, dem man allerdings zugestehen muss, dass sie in die Hände von sehr guten Werbefachleuten geraten sind. Ich liebe diese Amazon-Werbungen sehr, und denke oft...: „Es geht doch." Warum kriegen so wenig andere Agenturen das hin? Warum sind es nicht mehr, die die Herzen ihrer Kunden erreichen? Oder ist mein eigenes Herz zu abgeklärt und unempfänglich, zu abgestumpft mit der Zeit? Bin ich zu kritisch? Vielleicht sogar eine Miesepeterin die immer etwas zu meckern hat? Mag sein. Ich kann es einfach nicht ab wenn man mich auf den Arm nehmen will. Darin war ich schon als Kind komisch. Meine Mutter hat einmal gesagt, dass ich, schon immer selbst bestimmt hätte was ich an mich heranlasse und was nicht. Infolgedessen habe sie oft mit ihrem Spinat auf verlorenem Posten gestanden. Meine arme Mutter, die alles einwirft was die Werbung in den hübschen, kostenlosen, uneigennützigen Apothekenzeitschriften, besser bekannt als Rentner-Bravo, so hergibt. In den Schränken meiner Eltern sieht es aus wie in einem Zwischenlager einer mittelgroßen, ländlichen Apotheke. Ihr Lieferant schlägt sich fast die Stirn am Fußboden auf wenn Mutter den Laden betritt. Er tänzelt um sie herum als hätte gerade ein B-Promi sein bescheidenes Reich betreten. Wo die Beratung für verschreibungspflichtige Medikamente eher dürftig ausfällt, bemüht er sich umso mehr bei kostenpflichtigen Zusatz- und Ergänzungsmittelchen, die das ewige Leben versprechen. Ich muss Ihnen ja nun nicht schon wieder erklären warum… Es liegt auf der Hand, beziehungsweise in der Kasse. „Mutter", sagte ich kürzlich zu ihr. „Diese Brausetabletten sind für den Arsch." Sie blickt mich fragend an, schüttelt mit dem Kopf, sagt „ts… ts…ts…", dreht sich zu ihrem üppigen Einkauf um, und sucht vergeblich nach einer Einlaufspritze. Ich gebe es auf. Ihre Leber muss hart im Nehmen sein, weil man bislang noch nichts diagnostizierte, was diesen unsinnigen

Konsum untersagt hätte. Wie auch? Der Apotheker ist mit dem Hausarzt meiner Mutter seit Jahren dick befreundet. Von Kontrareaktionen, oder noch schlimmer: von hypotensiven Reaktionen haben beide – Arzt und Apotheker – natürlich noch nie etwas gehört. Mir bleibt also nichts anders übrig – um meine Mutter zu beschützen – als einen Augenblick abzuwarten, in dem sie, unaufmerksam ist. Eilig packe ich den ganzen Krempel in eine Plastiktüte, und bringe sie hinaus in die Mülltonne, wo mir auch gleich eine ganze Reihe, derzeit beworbener, leerer Produktschachteln auffallen, die sie vor meiner Inquisition hat schnell verschwinden lassen. Sie wird meine heimliche Entsorgung nicht bemerken. Ganz sicher. Sie hat längst den Überblick über ihr Depot verloren. Die kostspieligen Unterstützer, die, die eher für die Einnahme eines Hochleistungssportlers geeignet wären, die nehme ich mit nach Hause. Kann ja vielleicht nicht schaden. Mal sehen ob meine Leber das auch mitmacht. Während meine Mutter ein paar stille Lesestunden auf ihrem bequemen Sofa vorzieht – sie ist über fünfundachtzig Jahre alt – renne ich mir die Seele aus dem Leib um mein Gewicht in Schach zu halten. Vielleicht kann ich mir mit dem Zeug ein wenig chemische Kraft zuführen. Mal sehen. Man soll die Hoffnung niemals aufgeben. Gegen eine chronische Schwindsucht in meinem Geldbeutel hat leider noch niemand ein wirkungsvolles Medikament erfunden. Nach einer Selbstdiagnose stelle ich immer wieder fest, dass ich zu viel Geld für Unsinn ausgebe. Bevor ich mich aber jemals in die Hände eines Kreditanbieters begebe, der mir auch ohne Schufa-Auskunft sein Vertrauen aufdrängen will, weil ihm die Klippe von der ich springe sowas von egal ist, wende ich mich lieber ab und schlage den einzig richtigen Weg ein, der mir aus dieser Misere wieder hinaushilft. „Back tot he Roots", heißt das Zauberwort. Ich wende mich von diesem Terror ab und überlege genau, was ist gut für mich, und was brauche ich wirklich. Ein harter Weg der Abstinenz liegt vor mir. Der einzige Weg. Es wird noch eine Weile dauern bevor ich den ersten Fuß darauf setze, denn die Gewohnheit übermannt mich immer wieder. Die Ecke im Verstand, wo die Vernunft zu Hause ist, macht öfter Betriebsferien als mir lieb ist. Und schon hängt man der eigenen Gutgläubigkeit wieder mal am Haken. Mist.

Ich sag`s ja. Schon wieder habe ich mich festgeplappert. Verflixt noch Eins. Jetzt will ich wirklich das Thema „Wimpern" endlich hinter mich bringen. Also: Zuverlässig, pünktlich und reibungslos wie immer, kommt meine Großlieferung für Augenhaar von Amazon. Meine Vorfreude will ich nicht verheimlichen. Hier kommt die Lösung frei Haus. Die Öffnung dieser Schätze möchte ich zelebrieren. Nicht einfach nur schnöde aufreißen, nein, zelebrieren. Schließlich bereiten mir meine Wimpern schon ein ganzes Leben lang immer wieder großen Kummer. Ich will mir mit unangebrachter Eile jetzt nichts verderben. Meinem Telefon drehe ich den Kragen herum, mein Handy stopfe ich unter die Bettdecke, in der Hoffnung dass sie schalldicht ist. Abschalten will ich es nicht, weil ich dann wieder tagelang nach dem PIN-Code auf der Suche bin. Diesen PIN-Code im Handy selbst abzuspeichern, stellte sich als vergebliche Bemühung heraus. So. Schnell noch beim Pförtner anrufen dass ich keine Störungen wünsche. Und an meine Wohnungstür hänge ich ein Hotelschild mit der Aufschrift: „Bitte nicht stören." Dieses sehr dienliche kleine Schildchen habe ich irgendwann bei einem Hotelaufenthalt mal mitgehen lassen. Es hält, sehr nützlich, unerwünschte Besuche meiner Nachbarn ab. Insofern bekäme ich sicherlich für diesen Diebstahl mildernde Umstände. Jetzt noch meinen Lieblingssender 87.75 einschalten und eine gekühlte Cola-light einschenken, dann kann es endlich losegehen. Eins nach dem anderen. Jetzt nur keine Hektik. Ob Sie es glauben oder nicht... Ein Wunder nach dem Nächsten kam ans Tageslicht. Für alle Zeiten wäre mein Wimpern-Defizit

Geschichte, wenn ich es schaffe, mir diese Pracht über die Augenlider zu kleben. Ich musste mehrmals tief durchatmen um nicht in der Euphorie der Glückseligkeit zu ertrinken. Oh... endlich. Endlich Wimpern wie in der Mascara-Werbung *gezeigt* wird. Endlich ein verführerischer Blick der andere Blicke auf sich zieht. Endlich. Nach eingehender Betrachtung und intensivstem Studium der Handhabung, machte ich mich entrückt lächelnd-, hoch motiviert und voller Zuversicht ans Werk. Dabei musste ich mich immer wieder daran erinnern zu atmen, sonst würde ich das prachtvolle Ergebnis nicht erleben. Obwohl...: Wenn ich in meinem guten Gedächtnis nachforsche... Von Todesfällen während der Anbringung falschen Augenhaars, hatte ich bis dato noch nichts gehört. „Beruhige dich", redete ich mir mit therapeutischer Stimme selbst ein. Eine Sache hatte ich allerdings gehörig unterschätzt. Eine ruhige Hand. Ansonsten lässt sich dieses Verschönerungsprozedere vermutlich leicht erlernen, aber, es setzt eine ruhige Hand voraus. Übung macht den Wimpernmeister. Was soll`s. Die ersten paar Runden gingen natürlich in die Grütze. Die Augenhaarpracht klebte überall, bloß nicht dort wo sie sollte. Aus der Magengegend herauf, spürte ich, wie sich eine leichte Hysterie nach oben drängte. Um nicht vorzeitig das Handtuch zu werfen, ging ich erst einmal auf den

Balkon um frische Luft zu schnappen. Ein kurzer Blick in den Spiegel bestätigte mir, dass dies, eine gute Entscheidung war. Nachdem ich endlich die Klebstoffreste aller Fehlversuche entfernt hatte, nahm ich beherzt einen neuen Anlauf. Und was soll ich sagen...: Es sah fantastisch aus. Umwerfend. Hinreißend und spektakulär. Sitzt, passt, wackelt und hat Luft. Ich würde sie niemals mehr ablegen. Hoffentlich sieht der Kleber das ähnlich und lässt mich nicht im Stich. Gewicht hatte ich bei dieser Prozedur natürlich auch verloren, also, zwei Fliegen mit gefühlten hundert Klebeversuchen, auf einmal geschlagen. Genial. Um die künstliche Augenhaarpracht einem sofortigen Härtetest zu unterziehen, bin ich abschließend nach unten gegangen, und habe die hauseigene Sauna aufgesucht. Außerdem wollte ich ja auch gesehen werden. Nur alleine in der Wohnung schön zu sein, das würde den Sinn der Übung verfehlen. Die Öffentlichkeit sollte teilhaben an meinem persönlichen Glück. In der Sauna war ich dann leider alleine. Also musste ich meinen Versuch ausdehnen, und bin anschließend noch ins hauseigene Schwimmbad. Wenn die künstliche Augenhaarpracht das überstehen würde, wenn ich einmal quer durchs Becken tauche, und sie anschließend immer noch an Ort und Stelle klebten ohne sich davongemacht zu haben, dann war dieser Großeinkauf die beste Investition meines Lebens. Außerdem schwammen hier auch ein paar bekannte Gesichter herum. Mal sehen ob jemandem meine höchst positive Veränderung ins Auge fällt. Zuerst hatte ich noch leichte Hemmungen die mühevolle Montagearbeit durch Wassereinbruch zu gefährden, aber dann, so sagte ich mir: Was sein muss, muss sein. Wasser ist mein Element. Hier fühle ich *das* Gewicht, welches ich – beeinflusst von vielversprechender Nahrungsergänzungsmittel-Werbung – gerne hätte, in der Realität aber nicht erreichen kann. Somit ist schwimmen eine sehr tröstliche Angelegenheit. Sie werden mir zustimmen. Soweit, so gut. Als ich wieder auftauchte fand ich mich einer sehr netten Nachbarin gegenüber. Ich blinzelte sie mehrmals hektisch an, weil ich die Wasseransammlungen auf meinem neuen Wimpernbewuchs erst einmal abschütteln musste. Wir begrüßten uns freundlich wie immer, und erkundigten uns gegenseitig nach unserem Wohlbefinden. So ist es hier üblich. Belanglos und unverbindlich. Die nette Nachbarin – eine ältere Dame die mit ihrem Gatten die Vorteile des Hauses gerne nutzt - sah mich etwas irritiert und fragend an, worauf sie meinte: „Hallo Lele. Geht es dir gut? Du siehst etwas abgespannt und müde aus. Schläfst du schon wieder so schlecht?" Konsterniert wäre wohl der falsche Ausdruck. Ich war gekränkt. In diesem Moment, gab es für mich nichts dringlicheres, als zu erfahren, woran sie ihre Erkenntnisse und Eindrücke denn festmachen würde. Die Antwort kam prompt. Sie meinte zu sehen dass ich ermüdete, schwere Augen hätte. Na prima. Natürlich ist es mit gewissen Peinlichkeiten verbunden wenn man zugeben muss dass man üppige Haar-Extension benutzt, Silikonbrüste vor sich herträgt, bereits eine Bauchstraffung hinter sich hat, beim Botox-Doktor mittlerweile einen angenehmen Stammkunden-Mengenrabatt erhält, die Nase auch nicht mehr ihrer ursprünglichen Form entspricht, die – von Gott gegeben – bei der Geburt zur Grundausstattung gehörte, und dass das volle Lippenpaar einmal jährlich nachgeladen werden muss. Vielleicht man sogar schon ein Voll-Lifting hinter sich hat. Oder… wie in meinem Fall, versucht, mit falscher Wimpernpracht zu beein-drucken, nur weil die Werbung uns das so vor-macht. Die Nachbarin konnte den Grund ihres Eindruckes nicht näher benennen, also kam sie nicht dahinter dass die *Last* auf meinen Augenli-dern, der Verursacher für den müden Blick gewe-sen ist. Wenigstens ein kleiner Trost. Oder lag es an ihrer Alterskurzsichtigkeit? Ich wollte es nicht noch genauer wissen und habe mich diskret aus dem Staub gemacht. Während ich mich eilig ab-trocknete, stiefelte ein weiterer-, schwimmbegeis-terter, klepperdürrer Nachbar herein, und grüßte überaus freundlich. Ebenso freundlich erwiderte ich seinen Gruß, und sah dabei, wie sein Blick diskret auf den Außenseiten meiner, ach so störanfälligen, Oberschenkeln ruhte. Gesagt hat er natürlich höflicherweise nichts, aber sein Blick sprach Bände. Sein Blick sagte: „Siehst du…: Irgendwann erwischt es jeden." Jetzt war es an der Zeit den Wellnesstempel schleunigst zu verlassen. Einen winzigen Sieg durfte ich also mit nach Hause nehmen. Aber nur einen winzigen Sieg: Die falsche Augenhaarpracht war unentdeckt geblieben. Immerhin etwas. Im Grunde war ich zu diesem Zeitpunkt schon völlig erschöpft. Mein raffiniertes Fitness-Armband, welches mir durch die animierende Werbung wärmstens empfohlen worden war, es zählte bereits über fünfzehntausend Schritte. Beachtlich, was so ein Tag den man der Schönheit widmet, für eine ausgedehnte Bewegungstätigkeit mit sich bringt. Alleine deshalb hätte man annehmen müssen dass ich in dieser Nacht geschlafen hätte wie ein Brett. Dennoch…: Nichts zu machen. Vermutlich hatte ich meinen Adrenalinspiegel derart hochgepuscht, dass meine Energien ausgereicht hätten, in dieser Nacht getrost und *komplett* auf erholsamen Schlaf zu verzichten. Bevor ich mich hinlegte, bin ich immer wieder aufgestanden und habe meinen gewohnten, allabendlichen TV-Konsum mit diesen verhassten- so zahlreich und vieeel zu häufig eingespielten Trash-Werbungen, immer und immer wieder unterbrochen, um mich vor dem Spiegel selbst davon zu überzeugen, dass alles noch an Ort und Stelle saß und auch gut aussah. Es saß. Und wie. Bombenfest. Und es sah – für meinen Geschmack – immer noch gut aus. Das würde ein paar Tage halten, glaubte ich. „Gut gemacht", lobte ich mich selbst. Nichts destotrotz drehte ich mich – ähnlich wie ein Spießbraten - von einer Seite zur anderen, und hoffte vergebens auf erquicklichen Schlaf. Wie gut dass die wachsame, fleißige Werbeindustrie uns sämtliche Erleichterungen derer man habhaft werden kann, für eine geringe GEZ-Gebühr, bequem in die eigenen vier Wände liefert. Vorausgesetzt man schaltet den Fernseher oder das Radio ein. So lässt sich auch das ein- oder andere Produkt in *meiner* Residenz wiederfinden, dem – diesem Produkt - ich dann doch nicht widerstehen kann, und meinem Kaufzwang nachgebe. Meine Erinnerung signalisierte mir aus der letzten Ecke, dass noch irgendwo ein Päckchen „Hoggar-Night-Tabletten" herumliegen musste. Irgendwann einmal gekauft, und vollkommen in Vergessenheit – weil überhaupt nicht gebraucht – geraten. Der Garant für erholsamen Schlaf. Die Rettung schlechthin. So habe ich mich – resigniert - auskömmlich bedient, und zur Sicherheit lieber eine Tablette mehr genommen, als auf dem Beipackzettel, empfohlen stand. Nun sollte ich vielleicht noch ganz kurz erwähnen, dass ich eine ziemlich dumme Angewohnheit habe, wie ich - in welcher Position ich zu schlafen pflege. Dummerweise gehöre ich nämlich zu einer Minderheit, die, auf dem Bauch liegend, die Nächte ziemlich umständlich absolviert. Nacht für Nacht. Ausnahmslos. Wie ein plattgetretener Schmetterling drückt man sein Gesicht fest auf die Matratze, was natürlich die Ursache dafür ist, dass man am nächsten Morgen kraterähnliche Striemen auf den schlaffen Wangen zu sehen bekommt, die gute zwei Stunden der Morgenzeit beanspruchen um sich wieder zu entfalten. Dieses lästige Phänomen ist schuld daran dass ich zu einem unverbesserlichen Frühaufsteher geworden bin. Es liegt in der Natur der Sache (der Frau), dass man unentfaltet keine Straße- kein Büro und kein Geschäft betritt. Morgens, ohnehin zur Konversation ungeeignet, dann auch noch diese Last mit sich herumschleppen zu müssen, das grenzt schon an erschwerte Lebensumstände. Und dann kam er... Der Morgen danach. Etwas später als gewöhnlich erblickte ich das Licht des Tages. Es war wohl doch etwas Zuviel eine Tablette mehr zu nehmen als ursprünglich empfohlen. Irritiert vom Blick auf die Uhr, versäumte ich zunächst den Blick in den Spiegel. Das war gut so. Schocks können auch mal böse enden. Warum ich *nicht* in den Spiegel sah, lag womöglich daran, dass ich diese ganze Wimpern-Arie schon wieder vergessen hatte. Es sähe mir ähnlich. Mit der Zeit beginne ich mich altersgerecht zu verhalten. Zweimal habe ich nach dem Einkauf schon das Handy aus dem Kühlschrank gefischt. Man kann aber auch nicht an alles denken. Der Moment in dem ich mich vor dem Spiegel mit meinem Ebenbild auseinandersetzte, den werde ich bestimmt so schnell nicht wieder vergessen. Als hätte mich eine städtische Straßenbahn angefahren... Einfach nur *Füüürch-ter-lich!* Es war ein Bild des Grauens. Die ganze Mühe mit dieser anstrengenden Wimpernkleberei - war sprichwörtlich für die Katze des Nachbarn. Meine seltsame Bauch-Schlafposition war wohl dafür verantwortlich, dass die hübsche, ursprünglich erotisch geschwungene Form der Augenzierde, sich in ein deformiertes Etwas verwandelt hatte. Plattgedrückt, zusammengeklebt, umgebogen und nicht mehr zu retten. Hier gab es kein Vertun... Die Mogelpackung musste ab, und zwar umgehend. Ich kann Ihnen versichern: Danach sind Sie wach. Mit allen Sinnen die ihnen um diese Uhrzeit schon zur Verfügung stehen... Sie sind wach. Nun habe ich längst nicht aufgegeben, weil, aufgeben kann jeder. Mir ist klar geworden, dass es für diese Prozedur einer *un-er-mess-lichen* Eigenliebe-, einer routinierten, sehr ruhigen Hand, einer Menge Geduld, und unglaublich viel Opferbereitschaft bedarf, um diese Tortur tatsächlich öfter auf sich zu nehmen. Damit kann ich nicht dienen. Weder mit dem einen- noch mit einer anderen dieser Superlativen. Und von *„jeden Tag"* wollen wir erst gar nicht reden. Schließlich bin ich keine Märtyrerin. Was allerdings nichts daran ändert, dass ich an diesem Wunsch-, werbungsgerechte Wimpern besitzen zu wollen, immer noch festhalte. Meine Freundin Sabine war mir anschließend bei einer Lösungssuche behilflich. Zum einen meinte sie: Ich könne – wann immer es die Situation erfordere – zu einer geübten Kosmetikerin gehen, die sich, mit falscher Augenbehaarung gut auskennt, oder ich könne ein ganz bestimmtes Studio mit ausgebildeten Fachkräften aufsuchen, die mir dort kunstvolle Einzelhaar-Wimpern, zwischen mein eigenes, dürftiges Wimperchen klebten. Diese Variante sei die unauffälligste und sie hielte mehrere Wochen lang. Ganz billig sei dies allerdings nicht. „Ich bin es mir wert", beruhigte ich sie mit sorgsam abgespeicherten Worten. Wozu setze ich mich dieser Werbeflut auch aus, wenn dabei nicht ein paar brauchbare Zitate hängen bleiben sollten. Sie wies mich noch darauf hin dass die Anschaffung eines Spezialkopfkissens, welches meine Bauchlage verhindere, sicherlich Sinn machen würde. Das sah ich ein. So befolgte ich demütig ihren liebgemeinten Rat, und machte mich auf die Suche nach einem geeigneten Studio und einem dementsprechenden Kopfkissen. Glücklich ist... wer in der Nähe einer großflächigen Einkaufs-Mall wohnt, die weniger als einen Tag Anreise verschlingt. Keine halbe Stunde, und ich bin dort, wo man all die schönen Dinge auf einem Haufen zusammengeballt antrifft, die mir tagtäglich dahingehend suggeriert werden, dass ich sie unbedingt brauche. Nach dem zwanzigsten Besuch findet man sich sogar zurecht. Parkfläche ist in Hülle und Fülle vorhanden, wobei für die Wochenenden eher das Wörtchen „Fülle" zutreffend ist. Einkaufen gehen ist in Echtzeit für meinen Geschmack allerdings eine eher lästige Angelegenheit. Erst muss schon etwas zusammenkommen bevor ich mich all diesen Verführungen freiwillig aussetze. Noch nie im Leben habe ich es geschafft, tatsächlich nur die Dinge zu kaufen, die ich mir sorgfältig auf einem Zettel notiert hatte. Es ist nicht fair, dass beispielsweise Tchibo sich nicht mehr mit dem Verkauf von Kaffee abfindet, und überall-, in allen möglichen Warengruppen, mitmischt. Im Grunde wäre ich nicht großartig überrascht, wenn ich in dieser Abteilung, eines Tages ein Eigenheim erwerben könnte. So ist doch der Trend, nicht wahr? Nun denn. Das Glück ist mir hold, denn die Sonne scheint strahlend von einem blauen Bilderbuchhimmel. Wenigstens kann ich so meine neue Sonnenbrille von Mister Spex tragen, ohne mich rechtfertigen zu müssen, dass ich eine Sonnenbrille-, auch ohne Staralüren trage. Übrigens…: Diese Sonnenbrille war ein unwiderstehliches Sonderangebot, welches mir automatisch offeriert wird, sobald ich auch nur meinen PC anschaue. Ich brauche ihn nicht mal mehr richtig einzuschalten, und schon blinkt es hinterhältig an allen Ecken und Kanten meines PC-Bildschirms., und lauert auf meine Schwächen. Heute dient sie – diese günstige Sonderangebot-Sonnenbrille - in erster Linie dazu, meine geröteten Augenlider zu verbergen. Die Entfernung des falschen Augenhaars war schmerzhaft und hinterließ unschöne Spuren. In der Mall selbst, werde ich sie, durch ein Modell mit hellerer Verglasung austauschen, sonst sähe das albern aus. Schließlich bin ich ja nicht gaga. Dieses Modell ist allerdings von „Brille24", was Mister Spex, natürlich nicht wissen darf. Mein früherer Optiker grüßt mich nämlich auch nicht mehr. Wenn er mich kommen sieht wechselt er beleidigt die Straßenseite. Ein wenig kann ich ihn sogar verstehen. Hätten meine Kunden früher ihre Eigentumswohnungen im Internet bestellt, und meine Wenigkeit außen vor gelassen, es hätte mich auch nicht gerade entzückt. Hin und wieder kann ich auch ein bisschen nachtragend sein. Wer nicht?

Sorgfältig und mit Bedacht, fertige ich einen Einkaufszettel an. Wenn ich diese Reise schon auf
mich nehme, dann soll es sich auch lohnen. Da
wäre zunächst ein Besuch im „Bauhaus" fällig,
denn es soll ja gut werden. Meine kleine Wohnung
– eine Eckwohnung in einem niedlichen Hochhaus
mit fünfunddreißig Etagen – besteht, so außen
rum, fast nur aus großen bodentiefen Fensterflä-
chen. Eines davon ist mir schon seit längerer Zeit
ein Dorn im Auge. Wenn man Nachmittags sein
Wissen in Sachen „Werbung" auf den neuesten
Stand bringen möchte, verhindert die einfallende
Sonnenstrahlung, dass man außer hören, auch etwas sieht. Hier muss eine blickdichte Klebefolie
Abhilfe schaffen. Außerdem brauche ich eine neue
Akku-Bohrmaschine weil meine Alte sich vor Wochen verabschiedet hat. Bilder möchte ich umhän-
gen, ein kleines Regal zusammenbauen, und weiße
Eckleisten um meine Haustür kleben. Wenn man
vorher einen Liter Baldrian getrunken hat, kann
die Montage dieses hundertfünfzigteiligen Puzzle-
Spiels, aus dem ein leibhaftiges Regal werden soll,
tatsächlich Spaß machen. Zugegeben… Ein bisschen Mut gehört dazu, und man sollte leicht zer-
brechliche Gegenstände aus dem Weg schaffen
und in Sicherheit bringen. Nur für den Fall, dass
man von einem Wutanfall heimgesucht werden
sollte. Sie sehen es: Ich spare nicht mit wertvollen

und praktischen Tipps. Dreikant-Eckleisten, nicht zu breit, und weißen Hochglanz-Lack brauche ich auch noch. Sonst fällt mir gerade nichts weiter ein. Ach ja… Eine neue Schreibtischlampe sollte ich mir mal gönnen. Man kann nie genug erleuchtet sein. Im Bauhaus werde ich schon fündig werden, denn… es soll ja gut werden. Oder sollte ich vielleicht einmal „jippie ja ja, jippie jippie je…" den anderen Markt ausprobieren? Nein. Lieber doch nicht. Er liegt am anderen Ende der Stadt. Das wäre reine Zweitverschwendung. Letztlich kochen doch alle nur mit Wasser. Einen Ersatz-Akku muss ich unbedingt besorgen, und für meine Freundin ein Geburtstagsgeschenk. Sie wird sich wundern wenn ich ihr ein Fitness-Armband überreiche, welches gnadenlos die Schritte zählt, die sie sich immer vornimmt zu machen, und sich – mit allen möglichen Ausreden – dann doch davor drückt. Jetzt ist Schluss mit lustig. Jetzt wird mitgeschwommen auf der großen Welle der körperlichen Ertüchtigung. Warum soll ich alleine leiden wo ich doch eine so gute Freundin habe. Und weil ich nicht blöd bin, können Sie sich schon denken, wo mein Weg mich hinführen wird. Geradezu perfekt, befindet sich dieser nette Markt der uns vor Verdummung bewahren möchte, genau in der Mall, die ich aufsuchen will. Parklätze in Hülle und Fülle sind heute kein Problem, denn es ist

Mittwoch. Wenn ich mich jetzt beeile, dann kann ich meinen Ausflug, ohne Nerv tötendes Kindergeschrei noch schaffen. Vormittags stehen die Chancen dafür ausgesprochen gut. Lebensmittel schreibe ich sowieso nicht auf meinen Zettel, die kaufe ich immer aus dem Handgelenk heraus. Immer zu viel, und nie was ich wirklich brauche. Ist ja auch egal. Wir haben im Ort auch Lebensmittelmärkte. Dann kann ich wenigstens wieder die Suche nach dem Sensenmann aufnehmen, den ich unbedingt, einmal kennenlernen will. Auch wenn mir die Qualität der so gekonnt angepriesenen Ware aus der Obst- und Gemüse-Abteilung dieses Konzerns eher nicht zusagt, weil die Qualität mich schon sehr oft enttäuscht hat, die Werbung ist wirklich einsame Spitze. Kreativ, innovativ, sympathisch, kurzweilig auch noch nach der hundertsten Wiederholung, und somit auch tatsächlich animierend. Ich sage mir immer wieder: „Es geht doch." Auch ohne Photoshop-Promi-Fratze, und ohne Photoshop-nackte Haut. Perfekt. Ein großes Lob an dieser Stelle kann ich mir nicht verkneifen. So. Nur noch schnell meine neue Tasche von Zalando packen, auch nichts vergessen, zum Beispiel den Hausschlüssel und das Handy, und dann ab durch die Mitte des elend langen Flurs. Oha... Sonnenbrillen vergessen. Schnell nochmal zurück. Ganz wichtig, weil sie heute eher einen kosmetischen Zweck erfüllen muss. Schon wieder zwei kostbare Minuten verloren. Verflixt. Jetzt aber. Jetzt habe ich alles. Ganz sicher. Oder...? Ja.

Das kommt davon. Das kommt davon, wenn man sich gesetzwidrig-, nicht an die Straßenverkehrsordnung hält, welche selbstredend auch hier auf diesem riesigen Parkplatzgelände ihre gültige Gültigkeit beansprucht. Und... das kommt davon, wenn man auch noch während dieser Gesetzesübertretung mit dem unentbehrlichen Handy telefoniert, weil sein Geld, bei *diesen* Felgen – vermutlich übersteigen sie den Wert des gesamten Gefährts - nicht mehr für eine Freisprechanlage gereicht hat. Der Heckspoiler stammt vermutlich aus der vorvorletzten Produktionsreihe für Formel 1 Boliden. Bei eBay kann man wirklich alles kaufen. Außer hart in die Bremsen zu steigen, konnte ich für den unaufmerksamen jungen Mann mit Migrationshintergrund, nichts mehr tun was den Schaden hätte mindern können. Ich fuhr vorsichtig, vorschriftsmäßig – und in Pfeilrichtung - schleichend dahin, und hielt nach einer Parklücke Ausschau, die am besten *direkt* vor dem Haupteingang gelegen wäre. Das was kam, konnte ich wirklich nicht kommen sehen, weil aus dieser Richtung niemand kommen *darf*. Aus dem Augenwinkel heraus nehme ich einen schwarzen Schatten wahr, und ein abgespeicherter Reflex in mir – nicht ich – geht hart auf die Bremse. Da knallt es auch schon, und ein aufgehübschter Dreier-BMW klebt an meinem Auto. Vorne rum natürlich. Weit aufgerissene, sehr dunkelbraune, junge, hübsche Augen starren mich erschrocken durch die Windschutzscheibe an. Der junge Mann beißt zweimal nach Luft, schmeißt sein Handy schnell auf den Beifahrersitz, so, als habe er *nie* im Leben überhaupt telefoniert, und stürmt aus dem angeklebten Auto heraus auf mich zu. Ich sitze etwas höher als ihm angenehm ist, und starre von oben herunter zurück. Aussteigen will ich lieber nicht, man kann ja nicht wissen was er so vorher gegessen hat. Lieber drehe ich das Seitenfenster langsam herunter, und frage ihn ob er mich denn nicht gesehen hätte. Mein Auto sei doch groß ge… „Eye du…", unterbricht er mich sofort, und fällt mir aufgeregt, leicht aggressiv ins Wort. „Bischt du bissje verrückt, oder was? Bischt du hier gefahren mitten auf dem Straße, oder was? Isch glaub`s net, oder was." Höflich, wie ich nun einmal bin, lasse ich ihn ausreden. Irgendwann wird ihm schon auffallen dass ich keinen Ton mehr sage. Schweigend zeige ich mit meiner linken Hand in Richtung der weißen Pfeile die sich auf dem Teer, unter mir und vor mir, befinden. Die dunkelbraunen, jungen, hübschen Augen folgen meiner Hand, und sehen… nichts. Er ahnt nicht einmal was ich damit andeuten will, und fängt wieder an herumzumaulen und mich zu beschimpfen. Ich liege gut in der Zeit und lasse ihn machen. Nach dem zweiten Versuch ihn auf die Pfeilrichtung aufmerksam zu machen, gebe ich es auf. Jetzt habe ich auch keine Lust mehr, mich von so einem halbwüchsigen Windelträger, der sich, vor lauter bunten Modelabels an seiner Kleidung, kaum noch aufrecht halten kann, länger anpöbeln zu lassen. Lasziv schenke ich ihm einen letzten Blick, bevor ich in mein festmontiertes Autotelefon mit Freisprecheinrichtung, die Telefonnummer der Polizei, eintippe. Ich wecke diese Herrschaften wirklich äußerst ungern, aber was sein muss, muss sein. Der Besitzer des teuer befelgten, bespoilten, etwas lädierten Gefährtes, begreift schnell was ich gerade machen will, und schaltet einen Gang runter. „Eye… jezz wadde mal. Willsch du Polizei rufe, oder was? Jezz wadde doch mal. Isch…" Es ist an der Zeit seinen Redefluss zu unterbrechen, schließlich habe ich nicht ewig Zeit. Besser ich begebe mich auf seine Ebene, damit er auch peilt was ich meine. Etwas aus der Übung, fauche ich ihn an, und lasse ihn wissen: Wenn er mich noch einmal duzt, dass ich dann Anlauf nehme, und einmal komplett über seinen Prolli-Karren drüberfahren werde. Mein höher gelegtes Fahrzeug gäbe das her. Meine Bereitschaft, einmal auszusteigen und mir den Schaden anzusehen, lag immer noch bei null. Deshalb ließ ich ihn wissen, dass ich mich auf einen Berberhandel und weitere Pöbeleien nicht einlassen würde, und gedenken würde, staatliche Hilfe herzubeordern. Ein interessierter Passant – ein mittelalter Herr der dieses Malheur beobachtet hatte, kam mir freundlich zur Hilfe. Er machte dem jungen Mann klar, dass *er* hier als schuldiger Unfallverursacher gerade Karriere machte, und mein Wunsch die Polizei zu rufen, nur recht und billig sei. Unzählige Modelabels – große und kleinere, die, die vom heutigen „Must-have" bestimmter Kreise nicht mehr wegzudenken sind, weil Bedingung zur Akzeptanz - hüpften vor meinen Augen herum, dass mir schon ganz schwindlig wurde von dieser ganzen Farben- und Buchstabenpracht. Jetzt, wo sich freundliche Rückendeckung dazugesellt hatte und eindeutig für meine Wenigkeit Partei ergriff, wagte ich mich endlich auszusteigen. Vielleicht sollte ich erwähnen, dass ich zu diesem doch etwas unglückseligen Zeitpunkt, einen steinalten Renegade 454 Big Block, mit einem seit 1984, ungebremst durstigen V-8 Motor fuhr, was ja an sich noch nicht ganz so schlimm ist. Schlimm war schon eher der riesige Frontschutzbügel, den man auch „Ochsenfänger" nennt. Schlimm für ihn, den tanzenden Label-Repräsentanten. An meiner alten Karre war nicht einmal ein nennenswerter Kratzer.

Ich bat den freundlichen Herren, ob er dem armen Jungen mit Migrationshintergrund, nicht vielleicht klar machen könnte, dass für mich die Angelegenheit hiermit erledigt wäre. Aber wenn er weiterhin hier herumpöbelte, würde ich die Bullen holen und ihnen stecken, dass er nicht nur auf der falschen Seite gefahren sei, sondern… Mit der rechten Hand machte ich das Zeichen für telefonieren, in dem ich – kleiner Finger und Daumen ausgestreckt - diese Hand an mein Ohr hielt. Es gibt Gesten auf die, springt so manch einer besser an, als auf ein gesprochenes, ruhiges, klärendes Wort. Diese Geste bereinigte wortlos die ärgerliche Situation. Braunauge verstand, und verzog sich fluchend, in sein zerbeultes Statussymbol. Kreischend würgte er seinen Rückwärtsgang, wütend in das unschuldige Getriebe, und gab Vollgas bis die Reifen qualmten. „Das hat er jetzt gebraucht", meinte der nette Herr, und überreichte mir seine Visitenkarte, nur für den Fall, dass ich noch Ärger bekommen würde. Artig bedankte ich mich ganz herzlich, und kletterte wieder in mein altertümliches, hochbeiniges, unbeschädigtes Auto. Just in diesem Moment wurde eine große, komfortable Parklücke frei. Direkt vor dem Haupteingang. Genau davor. Wer sagt`s denn… Ein bisschen Glück braucht der einkaufende Mensch - die Frau.

Erst tief im inneren der ladenbestückten Passage bemerkte ich, dass ich, immer noch die dunkle Sonderangebot-Sonnenbrille trage und tausche sie gegen die hellverglaste Version aus. Irgendwie macht es ja auch Sinn, wenn man sieht, *was* man einkaufen will. Hier, in dieser weitläufigen eleganten Passage wird man regelrecht ertränkt in Angeboten der verschiedensten Konsumgüter, aufgeladen mit positiven Emotionen. Hier muss man stark sein um nicht der Versuchung zu erliegen. Jeder wird feststellen, dass die Welt der Werbelügen deutlich größer ist, als die Welt der Sünder. Über die Maßen strapaziert von der gestrigen Wimpern-Arie, und der eben erlebten Konfrontation mit einem telefonierenden Auto-Liebhaber der auf der falschen Seite zu fahren pflegte, spürte ich, dass meine Kondition gelitten hatte. Obwohl ich aus dem Duell auf dem Parkplatz, eindeutig als Sieger hervorgegangen war, saßen mir diese Schrecken doch ganz schön in den alternden Knochen. Nachdenklich bog ich um die Kurve in einen anderen, weiteren Passagengang. Die Kurve selbst, war dafür verantwortlich, dass mir eine rettende Idee in den Sinn kam, wie ich möglichst schnell erneuerte Energien auftanken könnte. Von wegen: „Der direkte Weg sei doch niemals eine Kurve… Damit irrt sich, der gute Mann aus dieser Dextro-Energy-Werbung, jedoch ganz gewaltig. Gerade Kurven, die man lieber umgehen würde, die sind es doch, die oftmals bessere Ergebnisse zutage fördern, als wenn man aus Gewohnheit oder Bequemlichkeit, immer den kürzeren, offensichtlich schnelleren Weg geht, auf dem man weniger Steine anzutreffen hofft. Auf vermeintlich bequemen Wegen kann man auch nichts fürs Leben lernen. Und schon gar nicht wenn man – aus terminlichen Gründen – ständig im Galopp durch die Gegend rennt. Ich weiß das. Wie oft, war ich schon als erste im Ziel, und hatte nichts als Scherben verursacht. Heute, im Alter der wertfreien Selbsterkenntnis, fällt es mir leicht alles zuzugeben. Wer mich früher, auf meine zu hohe Geschwindigkeit hinwies, der bekam meine dunkle Seite zu spüren. Aprilgeborene reagieren manchmal grenzwertig auf Kritik. Sie fallen lieber hundert Mal auf die Fresse, und lernen selbst, unter schmerzverzerrtem Gesicht, was man viel leichter haben könnte, wenn man einen Rat von außen zuließe. Vielleicht sollte ich gelegentlich einmal wieder heiraten, um zu lernen, wie man Kompromisse macht. Wenn ich mich hier aber so umschaue, und die Paare beobachte die den alltäglichen Einkauf gemeinsam erledigen, komme ich von dieser absurden Idee, ganz schnell wieder ab. Gelächelt wird hier wenig, obwohl man sich in einem wundervollen Konsumtempel befindet. Das verstehe wer will. Ich jedenfalls nie nicht.

Vor dem großen Schaufenster der Apotheke bleibe ich stehen und studiere all die himmlischen Versprechungen die um meine Aufmerksamkeit buhlen. Man sollte sich etwas Zeit nehmen wenn man ein Apothekenschaufenster studieren möchte. Hier verliert man schnell die Orientierung, oder man gerät ins Träumen, wie schön das Leben sein *könnte,* wenn alles stimmen-, alles eintreffen *würde,* was man uns hier so verspricht. Bevor ich hineingehe, fällt mein Blick auf ein Produkt, ähnlich wie dieses bei mir sehr beliebte, Dextro-Energy. Ich erinnere mich ganz dunkel: War das nicht die Idee für etwas mehr Gesundheit? Klar! Dies ist das Mittelchen aus der Werbung. Wenn ich mir so den Preis betrachte der dafür aufgerufen wird, denke ich, dass ich für knapp zwanzig Euro gescheiter mal eine Runde richtig schlafe, und am Ende, kostenlos und unverbindlich das gleiche Ergebnis erziele. Ich schone nicht nur mein Budget, sondern auch meine Leber. Außerdem bekomme ich von gutem Schlaf eine glattere Haut. Also entscheide ich mich gegen diese unnötige Investition, und nehme mir einen ausgedehnten Spaziergang an der frischen Luft vor. Auch gratis… versteht sich. Ohne mich weiter ablenken zu lassen, ohne weiter rechts und links zu blicken, damit ich mich nicht über die Werbung mit den Anti-Cellulite-Produkte ärgern muss, weil hier nur junge, straffe Ärsche zu sehen sind, die von Cellulite noch überhaupt nichts ahnen, marschiere ich auf den Theresen zu, schnappe mir zur Sicherheit gleich drei Stück von den Energie-Verbesserern, und sehe zu, dass ich Land gewinne bevor ich doch noch schwach werde. Wenn ich es schaffe ohne Stopp in den Lebensmittelladen zu gelangen spare ich eine Menge Geld. Wenn ich doch nur nicht an diesem wohlriechenden Parfümerie-Filialisten vorbei müsste. In unmittelbarer Nähe dieses Frauenparadieses ist jedes weibliche Wesen gefährdet. Neuen Düften gegenüber, ist meine Herzenstür, *sperr-angel-weit* offen. Den Schlüssel für diese Tür, zusammen mit meinem Widerstand, den habe ich schon vor Jahren verloren. Diesen speziellen Frauentyp-, der, der dort die Ware an die Frau suggeriert, ist für mich immer ein ganz besonderer Hingucker. Wie oft habe ich schon versucht das nachzuahmen. Es ist nicht dahinterzukommen welche ausgebuffte, raffinierte Spachteltechnik diese Verkäuferinnen anwenden, dass sie, so aussehen wie sie aussehen. Als hätten sie eine Haut aus Alabaster, und keinen verlaufenden, unkontrollierbaren Lippenstift, der sich – wie bei mir – ablecken lässt, oder heimtückisch in die Oberlippenfältchen kriecht. Auch wenn sie noch so viele verschiedene, sündteure Mascara, vermutlich kostenlos ausprobieren können, weil es Pflicht und Bestandteil ihres ausgeübten Berufes ist, *mir* ist noch keine der Damen untergekommen, die nur annähernd ähnlich, so wie in dieser verlogenen Mascara-Werbung, über derart üppiges Augenhaar verfügt hätte. Sie kriegen es nicht hin. Nie im Leben, weil so etwas schlichtweg auch nicht möglich ist, genauso wenig möglich ist, wie sichtbar glänzendes Haar, längerfristig zu erhalten. Haar, welches sich von Zauberhand gewaschen, plötzlich ganz von alleine-, nur mit Unterstützung angepriesener Produktanwendung, sogar verdicken soll. Sie machen sich keine Vorstellung davon, wie sehr mich das als kosmetische Laienfrau tröstet, wenn Profis wie diese Verkäuferinnen des Parfümeriefilialisten, auch nur mit Wasser kochen, und ganz normale getuschte Wimpern haben. Mal länger, mal kürzer. Mal üppiger, mal nicht ganz so dicht. Aber niemals so wie in der Werbung. Blieben solche Beispiele aus, man würde lebenslang an sich selbst zweifeln. Was mich noch sehr zu trösten vermag, ist die Tatsache, dass bei mir am Abend ein schlichtes Abwaschen immer noch seinen Sinn und Zweck der Hautreinigung erfüllt. Bei diesen Alabaster-Damen ist es damit nicht getan. Sie müssen sich jeden Abend regelrecht ablaugen. Irgendwann muss die Haut ja einmal ein Häppchen Luft schnappen um aufnahmefähig zu bleiben, für die nächste Ladung wunderwirkende, ewige Jugend versprechende, neueste Creme, die so sicher wie das Amen in der Kirche, in der kommenden Agenda schon bereit steht.

Etwas erschöpft – mein Traubenzückerchen wirkt noch nicht - flitze ich an dem Fenster mit den verführerischen Flacons vorbei, *ohne* sie eines Blickes zu würdigen. Alle namhaften Mode- und Parfümdesigner können mir heute gestohlen bleiben, sonst muss ich irgendwann anbauen. Aber wo? In einem Hochhaus? Wäre spannend zu wissen was die Eigentümergemeinschaft zu meinen Visionen meint. Am Rande aller nervlichen Kräfte angelangt, muss trotzdem der Kühlschrank „triple A" gefüllt werden. Selbstverständlich aus der Werbung, stammt dieser lebensmittelfrischhaltende Koloss, war aber trotzdem nicht ganz billig. Man gönnt sich ja sonst nichts. Nein… Das sagt man heute nicht mehr. Heute heißt es: „Weil ich es mir wert bin." Nun hilft alles jammern nichts. Ich stehe am Eingang zu einem gefühlt fußballfeldgroßen Lebensmittelmarkt mit allerhand Warengruppen. Also rein in die gute Stube. Von allen möglichen Reizüberflutungen aus der großen, vor verlockenden Angeboten nur so strotzenden Passage bereits etwas desorientiert, las ich auf dem Weg dorthin, in der Eile, mehr so aus dem Augenwinkel heraus, ein fast unmögliches Angebot: „*Stützkorsett 6,99 Euro.*" Dieses Sonder-sonder-Angebot beschäftigt mich während meiner gezielten, ausgebufften Jagd nach Essbarem, und geht mir die ganze Zeit nicht mehr aus dem Kopf. So kann ich mich nicht konzentrieren. Zum zweiten Mal schiebe ich den falschen Wagen vor mir her. Eine Mutter mit Kindergarten-Kindern, die sich bestohlen fühlte, droht die Fassung zu verlieren. Mit letzter Kraft die sie noch aufbringen konnte beherrscht sie sich, und erspart mir, dass sie mich hysterisch des Diebstahls bezichtigt. Wäre vielleicht keine schlechte Idee für ein paar Minuten abzutauchen, bevor ich hier noch den nächsten Weltkrieg anzettele. Ich bringe meinen Einkauf schnell in Sicherheit in die Abteilung für Haushaltsgeräte, weil dort, um diese Uhrzeit, kaum jemand anzutreffen ist. Hier kommen Frauen nur dann her, wenn sie ihre zahlungskräftigen Männer im Schlepptau, hinter sich herziehen.

Dafür ist es, wie gesagt, um diese Zeit zu früh. Drei Minuten später – unterwegs kann ich mich wieder etwas sammeln - betaste ich unauffällig die kleine Speckrolle an meinen Hüften, und beschließe, noch einmal hinauszulaufen um das fantastische Plakat aufzusuchen. Beschlossen und getan. Jetzt stehe ich wieder vor diesem Plakat mit diesem unglaublichen, unwiderstehlichen Angebot. Dieses unfassbar günstige-, eigentlich geschenkte Stützkorsett. Ich verschwende eine weitere wertvolle Minute um meine Euphorie zu bändigen, weil sie mich daran hindert, meinen Irrtum zu begreifen. Erst dann kapiere ich, so nach und nach, ganz langsam, dass ich mich in vorbeihuschender Eile gewaltig verlesen habe. In großen roten Buchstaben steht dort - zweifelsfrei und unanfechtbar, geschrieben: „Sülzkotelett." Sie können sich nicht vorstellen wie enttäuscht ich war. Aus der fantastischen Idee *„pimp my Speckrolle"* wird nichts werden. Schweinefleisch esse ich nicht. Dieser Weg war umsonst. Mist.

Mit hängenden Schultern, schlendere ich desillusioniert zurück, und halte nach meinem Einkaufswagen Ausschau. Sollte er - als Krönung des heutigen Tages - verschwunden sein, bestelle ich doch lieber wieder online, und breche hier ab. Dieses bisschen Kraft, welches sich zwischenzeitlich wieder eingestellt hat, das brauche ich nachher für den Baumarkt. Einen Verkäufer zu finden, ist schließlich anstrengender, als der eigentliche Einkauf selbst. Jeder, der dort seine Besorgungen erledigen muss, weiß wovon ich rede. Das Land der unsichtbaren Verkäufer. So in etwa wird es nachher auch sein, wenn ich, weil ich nicht blöd bin, an bestimmter Stelle Akku und Fitnessarmband käuflich erwerben muss. Die Verkäufer sind zwar sichtbar, aber gnadenlos überlastet, und sichtlich genervt. Selbstverständlich gehöre ich auch zu der Fraktion die ganz besonders dämliche Fragen stellt. Mit der heutigen Technik ist unsereiner ja schließlich nicht aufgewachsen. Mein erstes Autotelefon, welches mein damaliger Chef mir aufs Auge gedrückt hatte, damit er mich besser kontrollieren konnte, war noch vom Ausmaß einer hotelüblichen Minibar.

Gott sei ewiger Dank auf schmerzenden Knien. Meine Beute steht immer noch an gleicher Stelle an der ich sie eingeparkt habe. Auf dem Weg hierher hatte ich genügend Zeit, meine Enttäuschung über das fleischgewordene Stützkorsett, zu verarbeiten. Und um meine latente Niedergeschlagenheit etwas aufzumuntern, werde ich mir sofort ein paar dicke Schaumküsse gönnen, die ich zur Stärkung unterwegs verdrücken kann. Frisch schmecken sie am besten. Kein Hahn ruft danach wenn aus der Packung welche fehlen. Hauptsache man bezahlt seine Zeche, dann passiert nichts. Kauend mache ich es mir vor dem Käse-Kühlregal gemütlich. Ein ganz bestimmter, aromatischer Allgäuer soll es sein, der, laut Werbung, einen guten Charakter hat. Gesellschaft mit gutem Charakter habe ich gerne zu Hause. Und wenn schon sonst niemand vorbei kommt, kann es zur Not auch ein Käse sein. Kalkulieren Sie für die Käseabteilung immer genügend Zeit ein. Kaum zu glauben wieviel unübersichtlichen Variantenreichtum es für nur eine einzige Sorte gibt. Ich will nichts Böses unterstellen, aber einige von ihnen, unterscheiden sich nur im Preis. Mag ja sein dass ein geschulter Gaumen den feinsten Unterschied herausschmecken kann, aber ein herkömmlich verseuchter Glutamat-Gaumen, ist zu solcher Differenzierung nicht fähig. Heute bin ich allerdings von einer Werbung so stark beeinflusst, dass ich auf *diesen einen Käse* aus dem Allgäu bestehen muss. Es dauert zwanzig Minuten bis ich ihn finde, aber dann... Da ist er. Dumm nur, dass es davon auch schon wieder *zwei* verschiedene Sorten gibt. Hatten die in dem Werbespot darauf hingewiesen? Ich kann mich nicht erinnern. Es hieß nur: „der Allgäuer Limburger. Ursprünglich, kraftvoll und *charakterstark.*" Genau. Jawohl. Unversaut. Nicht designt. Nicht gepanscht. Dafür rabenschwarz und erzkatholisch. Konservativ bis ins Erdbeerbeet. Ein Zugezogener in diesem Landstrich - ein sogenannter, gemiedener „Nei G'schmeckter" übersetzt diese imponierenden Attribute vermutlich mit: „Bigott und intolerant. Fromm und introvertiert." Dieses Prädikat aus der Werbung-, diese besondere Auszeichnung, stimmt mich schon wochenlang sehr froh und zuversichtlich. Ist nur *ein* Funke Wahrheit in dieser bescheidenen Behauptung enthalten, zöge ich sogar einen Umzug in Erwägung. Gibt es tatsächlich einen Landstrich mit ausnahmslos oder vorwiegend anständigen Menschen und Käsesorten? Wenn auch ein wenig sehr konservativ und verschlossen, trotzdem… Ein Land ohne Mängel an hergestellten Käse-Produkten aus *echter, deutscher* Alpenmilch? Oder sind die polnischen Alpen gemeint? CSU regiert? Wohl kaum. Schon deshalb… Eigentlich sollte man davon ausgehen, dass es in den deutschen Alpen von glücklichen Kühen nur so wimmelt. Wenn… Ja. Wenn das nur alles so stimmen würde mit der Alpenmilch. Schmecken tut er mir später trotzdem. Ob er einen guten oder einen schlechten Charakter hat ist mir letztendlich egal. Ich will meinen Käse ja nicht heiraten.

Damit der charakterstarke, süddeutsche Alpenkäse nicht so einsam im Einkaufswagen herumliegt, will ich ihm nun noch ein Stück von einem glücklichen, deutschen Rindvieh zur Seite legen. Wenn er wüsste, was ich dafür alles auf mich nehmen muss. Die Fleischtheke ist und bleibt für mich ein Abenteuer. Die Vielseitigkeit der angebotenen Ware stürzt mich in ein tiefes Loch. Und weil ich lieber auf Nummer sicher gehe, und eine unnötige Hormonzufuhr vermeiden will, erkundige ich mich immer ganz genau. Die Verkäufer kennen mich schon, und bekommen reihum Schweißperlen auf die Stirn, wenn sie mich kommen sehen. Einmal habe ich sogar gehört, wie eine Fleischereifachverkäuferin zu ihrem Kollegen sagte: „Oh nee. Nimm du die." Damit war ich gemeint. Das schmerzt, wenn man in seinem bevorzugten Einkaufstempel so einen schlechten Ruf hat. Den berühmten Satz: „Hier... aus unserem Angebot", den können sie sich bei mir sparen. Wer nur einmal im Monat Fleisch isst, der gönnt sich natürlich nur das Beste oder Nichts. Weil ich es mir wert bin. Das muss ich nicht jedem erklären. Nicht jedes Mal. Es muss ja nicht gleich ein Stück vom Wagyu Kobe-Rind, das sich totgelacht hat, sein. Aber mir ist schon wichtig zu wissen, dass das arme Tier, welches ich zu vertilgen gedenke, ein schönes, artgerechtes Leben hatte. Also frage ich. Vielleicht frage ich auch ein wenig mehr als andere Kunden, aber für teures Geld darf man schließlich auch mal fragen. So auch heute. Mein Opfer – der Fleischereifachverkäufer – lächelt mich an. Noch. Nach einer viertel Stunde bemerke ich, wie ihm sein Lächeln so langsam entgleist, und befreie ihn von seiner Last. Heute soll es ein T-Bone Steak aus Montana werden. Ein Riesending. Davon kann ich zweimal essen. Das Spender-Rindvieh ist zwar nicht von einer deutschen Weide, aber in Montana gibt es viel Gegend, habe ich mir sagen lassen. Als der Preis dafür, auf dem Display der genauen Waage erscheint, muss ich im Vorfeld schon mal schlucken. Egal. Ich bin es mir wert. Was soll ich auch sonst machen? Meine Seele brennt nun einmal für gute Qualität, und ich lege großen Wert, auf das Wohlbefinden des Tieres das ich essen will. Natürlich werden Sie jetzt sagen: „Warum bist du keine Vegetarierin? Oder noch besser…: Eine Veganerin? Außerdem ist es groß in Mode, denk doch mal nach." Ja, ja. Sie haben schon Recht. Diese Entscheidung habe ich mir auch gut überlegt. Mit Ausnahme von vier Tagen im Monat bin ich auch Vegetarierin. Einmal gibt es Fleisch, einmal Fisch, einmal Geflügel und einmal Eierspeisen. Die restlichen sechs- bis siebenundzwanzig Tage verzichte ich aus Überzeugung. Auch aus der Überzeugung dass ich recht gesund lebe. Ohne Überzeugungen kommt man ohnehin nicht weiter. Diese Haltung sollte man ohnehin pflegen, weil es genügend Einflüsse von außen gibt, die, einem ständig von *etwas* überzeugen möchten. Vornean die Werbeindustrie. Darin sind sie weltmeisterlich. Das Vegetariertum ist ein zweischneidiges Schwert. In meinem früheren Bekanntenkreis gab es einmal ein Ehepaar die diesen Kult mit aller Konsequenz gelebt haben. Sie atmeten nicht einmal die Luft ein, wenn sich, in ihrer Nähe eine Weide befand auf der Kühe grasten. Man kann es auch übertreiben. Und was soll ich Ihnen sagen: Die beiden sahen so alt aus, wie sie dieses optische Alter, in Echtzeit, niemals erreichen würden, obwohl in ihrem Badezimmer alle möglichen Tiegel und Töpfchen mit äußerst kostspieligen Cremchen und Tinkturen herumstanden. Die neuesten Kreationen aus der Werbung standen dort in Reih und Glied. In sehr großer Anzahl. Rausgeworfenes Geld, wenn Sie mich fragen. Unser Schöpfer – ob Sie es glauben oder nicht, ich bin ein gläubiger Mensch – hat das so nicht vorgesehen. Er muss ein großer Freund von Gebratenem und Gesottenem sein, sonst hätte er sein Volk Gemüseeintopf opfern lassen. Natürlich will ich mich nicht rechtfertigen, aber: In meiner Tora, auch in der Bibel - neues oder Altes Testament, das spielt keine Rolle - wird pausenlos geschlachtet. Darin werden am laufenden Band Widder abgemurkst. Ausgerechnet Widder. Das trifft mich jedes Mal beim Lesen tief ins Herz. Diese Bücher der Bücher sind äußerst blutige Bücher. Auf jeden Fall ist es von Gott gewollt dass wir Fleisch essen. Genau das tue ich. Daran halte ich mich. Genauso wie ich mich daran halte niemanden zu töten. Und wenn gelegentlich Tena-Lady über den flachsten aller flachen Bildschirme schwebt, glauben Sie mir, dann... Ach was soll`s. Es wird schon einen Sinn haben dass wir es tun *sollen*. Unsere Körper brauchen womöglich diese Art von Eiweiß, damit sie, kraftvoll und gesund durchs werbebeeinflusste Leben schreiten können. Und wenn jüngere Männer mit Adleraugen – das hat mal einer von sich selbst behauptet – mich Tatsache ganze zehn Jahre jünger schätzen als ich wirklich bin, dann kann diese Lebensweise mit wenig Fleischkonsum nicht so falsch sein. Da ist mir eine nette Geschichte passiert, von wegen Alterseinschätzung. Aber dazu später. Arbeiten wir erst einmal den Einkauf ab. Es ist noch eine Menge Arbeit damit verbunden, einen Haushalt – auch einen Singlehaushalt – am Laufen zu halten, und dafür zu sorgen dass die Mäuse nicht mit erhobener, weißer Fahne aus dem Kühlschrank stürmen. So langsam füllt sich auch die Verkaufsfläche mit Menschen die das Gleiche im Sinn haben. Bevor es zu voll wird möchte ich mit meinem Einkauf fertig sein. Als nächstes steht eine Abteilung auf meiner Agenda, die mir immer einen ganz besonderen Würgereiz verursacht. Neben kosmetischen Produkten ist diese Warengruppe, der Werbeagenturen, zweitliebstes Kind. Reinigungs- und Waschmittel. Sie lügen uns nicht nur das Blaue vom Himmel herunter, nein. Auch das Graue und bewölkte Firmament. In dieser Abteilung komme ich mir immer vor wie Maria von Magdala und ihre sieben Dämonen. Ohne dass ich mir die niedliche Amazon-Werbung vor mein geistiges Auge schiebe, wenn das geschrumpfte Pony aus dem LKW marschiert, und anschließend, bedingt durch eine simple Katzenklappe, seinen Seelenfrieden wiederfindet, überstehe ich diese Abteilung nicht. Die Fähigkeit mich zu erinnern, zu visualisieren, verhindert dass ich einen Wutanfall bekomme und vor die Regale kotze. Falls ich denjenigen zu fassen kriegen sollte, der marktschreie-risch behauptet, dass mit einem *einzigen* Wisch alles weg ist, breche ich ihm sämtliche Knochen im Leib. Töten soll man ja nicht. Entschuldigen Sie bitte vielmals im Voraus, dass ich mich mal eben kurz der Fäkalsprache bedienen muss. Aber so eine verdammte Hühnerkacke, so eine unver-schämte, unverfrorene, freche, dumme, gemeine Lüge, sollte einmal geahndet werden. Dass dieser Herr Henkel – oder ist das nur der Name des Kon-zerns – sich nicht dafür schämt, das ist wirklich allerhand. Hatte dieser Herr Henkel, falls es ihn wirklich geben sollte, überhaupt schon mal einen Putzlappen in der Hand? Ich glaube kaum. Sonst würde er seine verdummende Nonsens-Werbung sofort einstampfen. Oder, sich nur noch mit einer Tüte über den Kopf gezogen, auf die Straße wagen, weil er Angst davor haben müsste dass man ihn erkennt. Und meine Anklage geht noch weiter. Wie dumm sind wir Verbraucher eigentlich, dass wir uns von so einem Trash manipulieren lassen? Haben wir sie noch alle? Wissen Sie überhaupt was eine Sendeminute im Fernsehen kostet? Er-kundigen Sie sich einmal. Sie werden staunen. Und das Beste ist: Wir... Wir dämlichen Schafe bezahlen diese Werbung auch noch. Nein, nein. Nicht wie Sie jetzt vielleicht annehmen mit GEZ-Gebühren. Dem Laden, dem keiner entkommen kann, auch dann nicht wenn er bereits tot- oder ein Hund mit menschlichem Vornamen ist, nein. Keineswegs. Die Kosten für diese kriminelle Werbung sind im Kaufpreis des Produktes längst enthalten. Ob „es" die Versprechungen letztlich erfüllt oder nicht, ist nicht weiter von Belang. Mit *einem* Wisch ist alles weg, und fertig. So wird es demonstriert, so wird es uns weisgemacht. Lieber Verbraucher, halte die Schnauze, kaufe, am besten gleich zwei Flaschen davon, und sieh` zu dass du Land gewinnst. Wenn die Sache mit dem *einen* Wisch zu Hause nicht klappt, dann machst du etwas falsch. So sieht das aus. Du bist schuld. Vielleicht das falsche Wischtuch, oder nicht genug Druck beim Wischen? Wischen will gelernt sein. Oder vielleicht der falsche Dreck? Und wenn deine Waschmaschine es nicht fertig bringt, aus unserem sensationellen Waschmittel das Werbeversprechen herauszuwaschen, dann stimmt mit deiner Waschmaschine etwas nicht. Kaufe dir eine neue. Wir hätten da ein ganz besonderes Sonderangebot. Sieh mal her: Zwanzig verschiedene Waschprogramme, und von Null auf Hundert, aus dem Stand heraus, in weniger als einer Sekunde. Und garantiert nach einem Jahr kaputt. Dafür haben wir gesorgt. Denn… Wiedersehen macht Freude. Und Tschüss. Jetzt gebe ich hoch und heilig ein Versprechen ab. Nur für Sie. Sie müssen es ja nicht an die große

Glocke hängen: Würden diese Produkthersteller, zusammen mit ihren hochbezahlten Werbeagenturen, etwas weniger dick auftragen, sie hätten eine demütige, treue Kundin in mir mehr in der Bilanz. Mir tut nämlich vom vielen bücken, nach weniger aufdringlichen Alternativen, schon der Rücken weh. Sie – diese alternativen Produkte - stehen in den Regalen meisten ganz unten. Weniger bekannt, überhaupt nicht beworben, und deutlich günstiger. Und…: Mit dem gleichen Reinigungsergebnis. Manchmal muss man eben ein wenig fester drücken oder die Putzintervalle etwas straffen. Einen Tod muss man sterben. So ist das Leben. Man muss Opfer bringen. Immerzu. Daran halte ich mich, weil mein Geldbeutel es mir wert ist. Weil mein sensibles Empfinden für falsche Versprechungen es mir wert ist. Weil ich Lügen auf den Tod nicht ausstehen kann. Weil ich es kaum noch wage meinen Fernseher einzuschalten. Oder glauben Sie, naiver Weise, ich schreibe Bücher weil ich so ein großes literarisches Genie bin? Ha… Sie irren. Wenn das so wäre hätte ich doch längst einen Publikumsverlag gefunden der meine Schreiberei zu würdigen wüsste. Weit gefehlt. Nachdem ich mir ein paar fade, standardisierte Absagen eingefangen habe, bin ich schnell wieder davon abgekommen. Heutzutage müssen Sie wenigstens ein Z-Promi sein. Dann… ja dann wird sich schon ein Verlag finden der Ihre dümmliche Biographie veröffentlicht, in der man sehr schnell- nach wenigen Seiten bereits erkennt, dass Sie eigentlich *nichts* können. Rein gar nichts. Außer vielleicht ein paar CDs in einer Diskothek auflegen und dabei wild mit den Armen herumfuchteln. Im Namen des Vaters. Das ist auch ein Verlagstüröffner. Von mir aus auch im Namen der Mutter. Wenn Sie ein Abkömmling eines Z-Promis sind, reicht dies, meistens auch schon aus. So sieht sie aus, die reale Realität der Literaturwelt. Unsere schöne Welt wird sukzessive von Frauen bevölkert, die sich, hinter ihren unechten Gesichtern verlieren, und von Männern, die sich, in dieser computergenerierten Zeit, längst als Lebewesen abhandengekommen sind. Manchmal habe ich schon mit dem Gedanken gespielt Bauer zu werden. Pardon. Bäuerin natürlich. Zum Bauern fehlt mir das Körperteil, welches ausschließlich Männern vorbehalten ist. Ja. Das wäre eine echte Alternative. Autark und als Selbstversorger mein Dasein zu fristen, statt einem Fernsehgerät. Oder zehn Hunde, die sich liebevoll an mich schmiegen, und mich ganz sicher nicht anlügen. Diese Idee kam mir leider zu spät, und das lag ganz einfach daran, dass ich, zu der Zeit als ich noch berufstätig gewesen bin, kaum ferngesehen habe. Somit war mir verborgen geblieben was hier so los ist in der Medienwelt. Wie künstlich wir geworden sind. Wie unecht. Wie abhängig. Ich erinnere mich noch ganz genau daran, wie mich mein erster, intensiver Fernsehkonsum, vor meiner damals besten Freundin regelrecht blamiert hatte. Ich rief sie eines Tages an und berichtete ihr von einem sehr lustigen Film, bei dem ich, vor lauter Lachen beinahe vom Sofa gestürzt wäre. Sie müsse ihn unbedingt einmal sehen, behauptete ich. So ein lustiger Film aber auch. Natürlich erkundigte sie sich nach dem Titel des geschätzten Meisterwerks, und ich habe ihn ihr brav genannt. Worauf hin ich am Ende der anderen Seite ein demütigendes Glucksen vernahm, welches sich als lautes Lachen entwickelte. Sowas, dachte ich überrascht. So lustig ist der Titel nun auch wieder nicht. Warum lacht sie so lauthals? Na, ja. Ich habe dann erfahren müssen, dass „Sex in the City" ein uralter Schinken ist, der schon Moos auf dem Buckel hat. Den möchte ich sehen, der sich dabei nicht hinterwäldlerisch vorgekommen wäre. In der folgenden Zeit habe dann lieber meine neu erschlossene Fernsehwelt für mich behalten, weil ich mich nicht pausenlos blamieren wollte. So hat alles angefangen. Und jetzt hängt es mir sprichwörtlich zu den Ohren raus. Wenn ich diese Kiste einschalte, erwarte ich unterhalten und informiert zu werden, und nicht mir die Krätze an den Hals zu ärgern. Um Bäuerin zu werden ist es nun leider zu spät. Ich bin viel zu alt, und das entsprechende Kleingeld zum Erwerb eines hübschen, kleinen Gehöfts, das nicht gerade in Hinterpfuiteufel gelegen ist, es fehlt mir auch. Also, beschränke ich mich auf das Schreiben von Büchern von denen kaum jemand erfährt, außer, er stolpert durch Zufall über meine geistigen Ergüsse. Auch egal. Ein Hobby braucht der Mensch. Meines errettet mich vor Verdummung und der Krätze, die man sich einfangen kann, wenn, neuerdings Always sich in den geschmacklosen Vordergrund drängt, und der altbekannten Tena-Lady Gesellschaft leistet. Als ich diese Werbung gestern Abend zum ersten Mal gesehen habe ist mir wirklich alles aus dem Gesicht gefallen. Always legt noch eine Schippe drauf. Zuerst dachte ich, ich höre Stimmen. Logisch, habe ich ja auch. Stimmen aus der Glotze. Die war eingeschaltet weil ich kurz vor Acht die Börsennachrichten sehen will, die mir die Firma „Seitenbacher Müsli" mit ihrer schwäbisch eingefärbten Altmännerstimme immer verdirbt. Aus diesem Grund war noch ein anderer Sender - wahllos gewählt - am Start. Diese Seitenbacher Werbung regt mich nur unnötig auf. Haben sie kein Geld für eine zeitgemäße, junge Werbung? Ist das womöglich der Chef von dem Laden der sich gerne selbst reden hört? Mag sein. Ich will ihn aber nicht hören. Also weg damit. Diese Betonung seiner banalen Worte treibt mir Mordgedanken in meine geheimen Wünsche. Aus Protest esse ich kein Seitenbacher Müsli, auch wenn es noch so lecker ist. Ich streike. Strafe muss sein. Einen sehr hungrigen Kunden weniger in der Bilanz. Jedenfalls: Von der kleinen Küche aus, bis zu dem Platz an dem die Fernbedienung lag, sind es immerhin vier Meter. Auf dieser kurzen Strecke erwischte mich die neue Always-Werbung. Ich hatte bereits üble Ohrgeräusche, obwohl ich noch nicht einmal den Anfang richtig gehört hatte. Wo ist mein „Tebonin" wenn ich es brauche? „Tebonin" gegen Ohrgeräusche. Bitte setzen Sie ihre Forschungen unbedingt fort. Entwickeln Sie das die Heide wackelt. Bitte. Ich will das nicht hören, aber meine Fernbedienung liegt zu weit entfernt. Ich bin nicht schnell genug. Sträflicher Leichtsinn. Wie kann ich sie so weit entfernt von mir ablegen? Außer Griffweite. Das war dumm. Sehr dumm. Leichtsinnig und unverantwortlich. Meine Ohren vernahmen ungeschont und gnadenlos: „Always diskret. Blasenschwäche na und?" Wie bitte…? Geht's noch? Tanzende, lachende Frauen hüpfen fröhlich vor der Kamera herum, als gäbe es nichts Schöneres auf der Welt als Blasenschwäche. Tena Lady hat gute Gesellschaft bekommen. Die Würde der Frau ist eine Ware. Unsere Medienlandschaft schwimmt längst im Teich abhandengekommener Seriosität.

Von Geschmack wollen wir erst gar nicht mehr reden. Dabei vergisst sie nach rechts und links zu blicken, fokussiert auf den Kommerz. Allheilmittel Geld. Koste es was es wolle, auch die Würde der Frauen, die das hier... ganz bestimmt nicht sehen und hören wollen. Die das hier... beim Einkauf, ganz unten ins Körbchen legen, damit es niemand sieht. Und wenn doch, ihre Männer werden sich abwenden und bitterlich weinen. Ganz sicher.

Gehirnschwäche, liebe Always und Tena-Lady-Werbemenschen. Nicht Blasenschwäche oder sich ausbreitende Vertrocknung an einer delikaten Stelle. Gehirn- und Geschmacksschwäche. Darunter leiden Sie allesamt. Hersteller gemeinsam mit ihren Agenturen. Ich glaube langsam ihr habt sie nicht alle. Ist euch im realen Leben wirklich einmal eine Frau über den Weg gelaufen, die euch mit den Worten: "oh... ich bin ja so glücklich, ich leide unter Blasenschwäche", etwas vorgetanzt hat? Wovon träumt ihr nachts? Eine meiner Freundinnen, sie ist gerade mal zarte Mitte Fünfzig, hat sich ihr lädiertes Blasenband schmerzhaft operieren lassen, weil sie diese Schmach nicht länger ertragen hat. Der Erfolg war eher sparsam. Die Schmerzen hingegen teuflisch. Sie leidet wie ein Hund. Immer noch. Gerüche sind einfach nicht in Schach zu halten. Und Sie dürfen versichert sein, liebe Tena und Always-Werbegenies: Tiefste Scham hat sie geentert, und lässt sie nicht mehr aus Ihren gnadenlosen Krallen. Alles gäbe sie dafür, um diesen Defekt zu *verbergen,* und nicht auch noch damit hausieren zu gehen. Alles. Bei ihr zu Hause sitzen ganze Berge dieser Muss-Produkte. In ihrer Handtasche befindet sich immer ein angemessener Vorrat. Ohne, ginge sie niemals aus dem Haus. Halten Sie solche Frauen wirklich für so strunzdumm, dass sie nicht dazu in der Lage wären, sich auch *ohne* Ihre diskriminierenden Hinweise, entsprechend Nachschub zu besorgen? Ja? Ist das so? Selbstverständlich will ich Ihnen nicht die alleinige Verantwortung dafür zuschieben. Die Hersteller dieser unentbehrlichen Wegbegleiter für betroffene Frauen, tragen an diesem Vergehen *gegen* die Würde der Frauen, exakt die Hälft der Schuld. Setzen Sie sich gelegentlich einmal mit den Herstellern von Cremes gegen Scheidentrockenheit an einen Tisch, und überlegen genau was Sie da anrichten. Nehmen Sie das schöne Geld, welches sie für diese geschmacklose Werbung aus dem Fenster werfen, und spenden es der Forschung die sich mit der Behebung solcher Mängel beschäftigt. Danach könnten Sie sich auf ihre designerbekleideten Schultern klopfen, weil Sie einmal im Leben etwas Sinnvolles getan hätten. Falls Sie dann zufällig in Ihrer Stammkneipe auf den- oder diejenigen treffen sollten, die behaupten dass mit einem Wisch alles weg ist, vielleicht ist ja sogar noch jemand anwesend ist, der darauf besteht dass *er*, eine Creme herstellt, nach deren zweiwöchiger Anwendung jede Cellulite, sich besiegt zurückzieht, dann könnten Sie sich in gegenseitiger Selbstbeweihräucherung ergehen und gemeinsam darüber nachsinnen, was mit den Worten: „Achtung und Respekt, Wahrheitsgehalt und Geschmack" gemeint ist. Ich bin mir sicher, das haben *Sie* längst vergessen. Wie schade.

„W" wie Werbung. Und „W" wie…: Wäre ich doch besser zu Hause geblieben. Jetzt hänge ich immer noch in dieser Abteilung mit Reinigungsterror herum und bücke mich zum x-ten Mal, um letztendlich doch wieder den zuverlässigen Essigreiniger einzupacken. Ich gehe nicht einkaufen, ich gehe mich aufregen. Verdammt. In Gedanken des Ärgernisses versunken, habe ich, ohne es zu bemerken, fast die ganze Schachtel mit den frischen Schaumküssen verputzt. Bei Gott. Mir ist speiübel. Ein kleines Schnäpschen wäre jetzt nicht schlecht. Ist Ihnen schon einmal aufgefallen dass in einem Lebensmittelmarkt keine Spiegel hängen? Wenn Sie ihre ungesunde Gesichtsfarbe kontrollieren wollen, müssen Sie schon in die Kosmetikabteilung flitzen, um dort, in einem Mäusespiegel, wenigstens einen Ausschnitt Ihres Gesichtes zu besichtigen. Bevor ich mein körpereigenes Navigations-System aber auf die nächste Ärger bringende Abteilung programmiere, muss ich in den sauren Apfel beißen, und noch frühlingsfrischen Weichspüler kaufen. Ein Artikel der sich auch ständig neu erfindet. Noch weicher, (wer will das?) noch länger anhaltender, noch duftender, noch frischer. Noch... Scheißegal. Ich bücke mich. Fertig aus. In diesem Gang steht ein junges Pärchen und hantiert mit einem Smartphone herum. Zuerst begreife ich überhaupt nicht was sie da genau machen, bis mir, ein Licht aufgeht. Sie scannen diese Barcodes und vergleichen Preise. Lieber Himmel nein. Wenn ich das bei meinem – auf alle sechs Wochen getakteten – Großeinkauf machen wollte, müsste ich mir einen kuscheligen Schlafsack und etwas zu lesen mitbringen. Im freundlichen Elektromarkt, der uns eine, zur Grundausstattung gehörende Intelligenz unterstellt, habe ich dieses Verhalten schon öfter beobachten können. Hier, das muss ich ehrlich zugeben, kann ich das auch gut verstehen. Hin und wieder lohnen sich Vergleiche. Aber Lebensmittel? Oder in diesem Fall: Weichspüler...? Also ich weiß nicht. Diese ganze „App-oh-manie", die geht mir entschieden zu weit. Seit dieser Erfindung bin ich richtiggehend allergisch geworden. Das Wörtchen „App" will einfach nicht von meinen Geschmacksnerven akzeptiert werden. Ärgerlich, weil ich mir irgendwie so alt vorkomme. Meine Verweigerung mich davon verfolgen zu lassen hat auch seine negativen Seiten. Nur… Was soll ich machen? Ich ertrage es nicht. Dieser ganze Wahnsinn. Überall App't es und Whatsappt es. App hierfür - hiergegen. App dazu - dagegen, für dies und für das, für Jenes für Solches. App für die Kommunikation, die Information, die die Subtraktionen, die Addition, das Pro und das Contra, den Vergleich die Beschaffung, die Bindung, die digitalisierte *Er*-blindung. Mensch sein wird abgeschafft, das Dasein hochgeladen, abgespeichert, bearbeitet und korrigiert, konfiguriert und formatiert. Was davon übrig bleibt wird gelebt. Wer nicht – auf dem neuesten Stand - mitappt ist out. Megaout. Wer diese menschliche Verstümmelung nicht mitmacht ist tot. Wer nicht konsumiert was man ihm in der Werbung-, in der App-Bewerbung anbietet, gehört nicht in diese Zeit, ist alternativ, wird verlacht, belächelt bedauert, ummauert. Gemieden und drüber gestiegen. Bleibt zurück und allein. Außer sich selbst, hat der Mensch als Mensch, ja auch nichts zu bieten. Her mit dem nächsten Smartphone. Dafür stellt man sich auch schon mal eine ganze Nacht lang an. Schlafsack inclusive. Hauptsache man ist bei den ersten Individuen die „*es*" besitzen und stolz zeigen können. Ich habe so etwas tatsächlich einmal in Berlin gesehen. Vor einem Apple-Store. Das blanke Entsetzen stand mir ins Gesicht geschrieben. Ich glaubte, irgendein gewiefter Geschäftsmann, habe diese neue Geschäftsidee mit langen Schlangen vor der Tür, aus einer aufgelösten Republik übernommen. Anstellen in Reih und Glied. Wie in alten Zeiten. Ein freundlicher Taxifahrer klärte mich damals auf. Das sei ganz normal, meinte er lapidar, und sah mich etwas mitleidig durch seinen Rückspiegel an. Heute... Heute, wo man einen Hilfsgegenstand-, einen simplen Hammer oder Schraubenzieher, nur noch Gadgets nennen darf. „Gadgets." Dieses, in den alternden Ohren brennende, dämliche Wort. Und „Features" nicht zu vergessen. Ganz wichtig. Features. Es versaut mir jedes Mal Galileo. Eigentlich eine gute Sendung, die sich mit immer mehr Trash und überflüssigen Versuchen beschäftigt, und ihr damaliges, hohes Niveau, Stück für Stück, immer mehr verliert. Wirklich schade. Ich hätte noch eine sehr lange Liste zu bemaulen. Mir fiele da noch eine ganze Menge mehr ein. Aber ich will es nicht übertreiben und Sie am Ende langweilen. Oder ist vielleicht jemand an Gesprächen und Mitgefühl interessiert? Melde er sich, ich will ihm gratulieren. Aber bleiben Sie sachlich, nur nicht spirituell. Wer philosophiert ist nämlich ein Spinner. Der dumpfe, stumpfe Professor an den Universitäten und Fakultäten kann auch kaum noch Texte außerhalb seines Lehrstoffes sprechen. Und schon gar nicht philosophieren. Selbst er bedient sich üppig der angebotenen Symbole, wenn er, seine Emotionen ausdrückt. Es sei denn… seine hätten zufällig überlebt. Seine Emotionen. So viel Glück hat aber nicht jeder dieser Gattung. Technische Gelehrte-, selbst die, die es nicht zum Freak geschafft haben, verkümmern gemeinsam mit einem großen Rest der Menschheit. Diese Katatonie ist eine Seuche. Eine „App" unterstützte Seuche. Im Himmel werden wir sie wohl nicht antreffen, die Befallenen. Die Infizierten. Sie haben wenig zu erzählen. Wenn sie sterben haben sie ihr Paradies längst hinter sich. Die Festplatte, die Speicherkarte, die Cloud und den Server. Den Konsum. Angestiftet von allgegenwärtigen Werbeduschen. Das alleine war, ihr wahres, einziges Himmelreich. Ihr digitalisiertes Himmelreich.

Werbung: Lüge oder Realität? Gut oder schlecht? Irreführend oder animierend? Aufklärend? Informativ? Kriminell vielleicht sogar? Auf alle Fälle manchmal grenzüberschreitend, schließt sie, die klaffende Lücke im Gesetzbuch. Hunderttausend Euro ohne Schufa und Wimpern wie ein Filmstar? Greifen Sie zu. Nun machen Sie schon, warum so zögerlich? Ich garantiere Ihnen zuverlässige Enttäuschungen.

Jetzt aber nichts wie los. Die Zeit drängt. Sie sollten

Ihr Leben genau *jetzt*, kostenlos herunterladen. Vergessen Sie dabei aber niemals: Seelen werden nur von Freundschaft; von Liebe satt.

Bevor ich gleich meine ganze Aufmerksamkeit der Kosmetikabteilung widmen werde, muss ich schnell noch einmal zurück in die Konservenwelt. Wenn es schnell gehen soll, kann es, zur Not auch mal eine Geflügel-Wurst aus dem Glas sein. Als Nichtversorger einer Familie greift man gelegentlich zu solchen ungesunden Alternativen. Es muss nicht immer ein Steak aus Montana sein. Hauptsache der Senf ist kostbar. Er reißt diese Schwäche ja dann wieder raus. Da sind sie auch schon. Die labbrigen Wiener, die von gewieften Sound Designern für die Präsentation auf Trapp gebracht werden, um uns knackige Verlockung vorzugaukeln. Ja hört das denn nie auf. Nicht einmal vor einer simplen Wurst macht man halt. Es ist mir doch völlig egal welche Geräusche meine Wurst von sich gibt, wenn man die Finger dafür von unnötigen Zusatzstoffen lässt, die der Gesundheit nicht dienlich sind. Meine Wurst soll der Ernährung-, nicht der Unterhaltung dienen. Ich sage Ihnen: Das Leben ist eins der Schwersten wenn man Zuviel über alles nachdenkt. Am besten ist: Augen zu und reinbeißen. Dann klappt`s auch mit dem Nachbarn. Wenn man so wird wie ich schon bin, geht jegliche Kompatibilität den Bach runter. Das hält kein männliches Ego über einen längeren Zeitraum aus. Sogar meine Freundinnen, sagen hin und wieder, dass ich meine kritischen Analysemanieren stecken lassen soll. Mich an den Mann zu bringen haben sie längst aufgegeben. Alle Versuche – ob live und in Farbe, oder digital visuell – waren zum Scheitern verurteilt. Ich rieche eine Lüge. Tatsache. Diese seltsame Fähigkeit verhagelt mir so manches entspannende Erlebnis. Heute, im Nachhinein, würde ich die Finger von all den klugen Büchern lassen, die sich, mit Psychologie und Körpersprache beschäftigen. Was habe ich daraus nicht alles für mich mitgenommen und in der realen Welt ausgetestet. Man kann sogar Gesichter *lesen.* Hätten Sie das für möglich gehalten? Ich zuerst auch nicht. Aber es funktioniert. Nicht ausnahmslos, aber immerhin. Einige meiner Fall-Studien waren von großem Erfolg gekrönt. So habe ich zwei meiner Freundinnen vor einer großen Dummheit bewahren können. Mittlerweile vertraut man mir. Wenn sich bei ihnen wieder einmal neue Liebhaber einfinden, müssen sie vor Übergabe des Haustürschlüssels, zuerst bei mir über den TÜV. Bevor die Sache ernst wird stellt man mir das Exemplar der Begierde zuerst vor. Danach darf ich meinen Senf dazugeben. Ach ja… Senf. Ich sollte noch schnell… So langsam komme ich auf die

Zielgerade. Die ersten Schweißperlen treten mir schon auf die Stirn. Vor der Kosmetikabteilung habe ich großen Respekt. Wo ich mir an anderer Stelle das süße Amazon-Mini-Pony vor mein geistiges, strenges Auge schiebe, versuche ich es hier mit der Smart-Werbung. Die letzte Fassung, die, wo der Fahrer dieses motorisierten Manschettenknopfes so erschrickt, weil er vergessen hat das hinten tatsächlich jemand sitzt, hat mich bei erster Betrachtung in einen wahren Beifallssturm versetzt. So geht es eben auch. Eine Werbung die man gar nicht oft genug sehen kann, weil sie ankommt. Obwohl ich großvolumige Motoren jederzeit vorziehe, bringt mir diese gelungene Werbung so viel Spaß in mein Wohnzimmer, das ich sogar schon mit dem Gedanken gespielt habe, mich autotechnisch so drastisch zu verkleinern. Einzig die Tatsache dass meine uralten Eltern noch leben, hält mich davon ab, es zu tun. Über siebenhundertsechzig Kilometer in einem winzigen Smart...? Auf der Autobahn...? Bei diesem Gedanken tut mir jeder Knochen im Leib jetzt schon weh. Mal sehen. Vielleicht irgendwann. Jedenfalls hilft mir die Erinnerung an diese entzückende Werbung über die gemeinen Gemeinheiten der vermaledeiten Kosmetikwerbung hinweg. Heute will es aber nicht so recht funktionieren. Das seltsame Erlebnis mit dem jungen Pärchen, die, die Weichspüler im

Internet vergleichen wollten, wirft mich etwas zurück. Es hätte mich brennend interessiert, was sie unternommen haben, um ihr Allerheiligstes, neues Smartphone zu überlisten. So viel Zeit will ich aber nicht verschwenden. Fest steht, im inneren dieses Einkaufstempels hat man keinen Funkempfang. Auch nicht mit dem neuesten aller neuen Smartphones. Gut so. Was nützt mir ein Rolls Royce vor der Tür wenn der Tank leer ist, und die nächste Tankstelle zehn Kilometer entfernt. Wenn in mir etwas um mein Verständnis ringt, klappt dieses raffinierte geistige Multitasking nicht. Etwas anderes zu tun, als man gerade denkt, erfordert, eine gewisse Reinheit im Oberstübchen. So wird das nichts werden. Heute werde ich Opfer. Das sehe ich schon kommen. Und schuld daran ist wieder einmal so ein dämliches Smartphone. Alles nix. Alles net.

Sooo... Was haben wir denn hier Schönes, Neues? Das neue Pantene. Das neue Pantene erfindet sich permanent und dauerhaft-, immer wieder, kontinuierlich, ganz neu. Noch neuer, immer neuerer. Neuer geht es kaum mehr. Noch ganz warm von der Produktion die Flasche. Konsistenzen ändern sich, Inhaltstoffe leider nicht. Hauptsache neu. Die Orientierung habe ich schon seit Erfindung der Anglizismen verloren, und wage mich, nur nach einer längeren Reha-Phase vor ein Regal mit Pflegeprodukten für mein leider dünnes Haar. Einiges an harter Währung ist schon in der Marktkasse verschwunden. Trotzdem bleiben alle toten Haare tot. In dem Augenblick wo sie die Kopfhaut verlassen, und ans Licht des Tages streben, ist es vorbei. Natürlich gibt es einige Möglichkeiten die Struktur geschmeidig zu halten, nur... ein echtes Wunder bleibt aus. Bis heute. Ganz egal was man auch ausprobiert. Pantene ist wirklich ein gutes Produkt, und hätte diesen Zirkus nicht nötig. Aber man kann wohl nicht anders. Muss mitschwimmen im Sumpf der unnötigen Versprechungen. Außerdem muss man sein Firmenego auch pflegen. So ist das eben. Hauptsache dabei. Das Regal ist mir viel zu voll, zu unübersichtlich, weil etliche Artikel alle gleich aussehen, und einen Fehlgriff möchte ich keinesfalls riskieren. Also greife ich – wie schon so oft – zu Plantur 39. Dass es jetzt schon eine Flasche gibt auf der eine „49" prangt, will ich einfach mal übersehen haben. „Plantur 49 bringt Ihnen die Jugend Ihres Haars zurück." Hä... Jetzt fangen die auch schon an. Hat Plantur etwa die Wechseljahre abgeschafft? Davon würde man bestimmt doch etwas hören. Das muss mir wohl entgangen sein. Natürlich haben sie das nicht getan. Wechseljahre kann man nicht so einfach abschaffen. Hin und wieder ist ein Wechsel sogar von Vorteil. Nein. Sie – diese Plantur-Hersteller, sie schwimmen eben mit in diesem Strom, mit der unsauberen Brühe. Und das hätten sie weiß Gott nicht nötig. Das betone ich gerne noch einmal. Ich ignoriere diese überflüssige Lüge, und lasse diese leere Versprechung konsequent stehen. Es sind viel zu viele Menschen Drumherum. Ich fühle mich beobachtet. Ein andermal. Ich komme ja wieder. Muss ja nicht jeder gleich wissen wie alt ich bin. Man hat schließlich seinen Stolz, nicht wahr? Sollte mich eines Tages das Schicksal niederknüppeln, und die Eindämmung einer Blasenschwäche erforderlich machen, werde ich nachts in einen Supermarkt einbrechen. Bevor ich mich bei der Beschaffung dieses peinlichen Muss-Artikels von jemand beobachten ließe, ginge ich lieber ins Kloster. Ettal soll ganz nett sein.

Jetzt… Jetzt kommt der härteste aller Härtetests. Die Schwelle des Grauens, die Mördergrube der Schönheitsindustrie. Die immerfort zuschnappende, gnadenlose Bärenfalle die Milliarden Umsätze mit unserer Zutraulichkeit macht. Wir glauben nur zu gern was man uns hier mit weicher Konsistenz ins Gesicht lügt. Immer glatter-, aufgepolsterter, geschmeidig unter die Haut gehender, Minimum zehn Jahre Jugendlichkeit schenkender, Lifting ersparender Zaubermittel – Sie ahnen es schon – Gesichtscreme. So ein Produkt auf das keine Frau verzichten kann. Auch dann nicht, wenn sie uns eintrichtern will, dass sie pausenlos, literweise Wasser in sich hineinschüttet. Vom Maskenbildner gekonnt überschminkte OP-Narben sieht man nämlich nicht. Den Rest erledigt Photo-Shop. Und wir weiblichen der Menschheit, starren in diese gelähmten Gesichter, und erstreben ähnliche Ergebnisse. Koste es was es wolle. Vier Tiegel Kaviarcreme zerschmettern das Budget einer Ottonormal-Frau. Für den gleichen Betrag bekäme man schon einen guten Gebrauchtwagen. Dieses, vor Luxus strotzende Zaubermittel, ist nur der Haute Volaute, den Stars und Sternchen, den A bis Z-Promis, den standesamtlich promovierten Damen dieser Welt vorenthalten. Der Rest dieses Muss-Artikel-Herstellers vergnügt sich mit absurden Aussagen, die uns am Händchen nehmen, und uns vor das nächste, üppig gefüllte Regal zerren. Wer das nicht will, der nimmt sein flinkes Fingerchen, und tippt seine Wünsche online ein. Geil, oder? Dieses widerwärtige Wort verwende ich höchstens einmal pro Jahr, und eben, war es gerade soweit. Während die Lotterien von Gewinnen träumen, blicken wir verzückt auf den Bildschirm, und lauschen andächtig, wie man unsere ewige Jugend erretten kann. Eine dankbare Herde. Und so zuverlässig im Konsumverhalten. Ich natürlich inbegriffen. Mein Wasserbauch war mir mit der Zeit doch zu lästig, weil ich überall nachfragen musste, ob ich mal die Toilette benutzen darf. Also habe ich demütig den Weg zu diesen verführerischen Regalen wiedergefunden, und bediene mich auskömmlich. Nur einmal habe ich wirklich kapituliert. Keine Ahnung wie viele Jahrzehnte ich den Olaz benutzt habe. Er tat mir immer gute Dienste, der Olaz. Bis... Ja bis der Olaz eines Tages nur noch englisch lispeln konnte, und ich vor der Auffüllung meiner Vorräte erst einmal tagelang nachschlagen musste, was er denn damit meint, der Olaz. Ich habe mal meine Mutter dabei beobachtet wie sie ihr Lieblings-Cremchen einkaufte. Meine liebe Mutter. Auch ein großer Fan vom alten Olaz. Sie hat einen ganz raffinierten Trick angewandt, der mir, eine stille Bewunderung entlockte. Selbstverständlich versteht sie kein einziges Wort von dem was auf den Cremetöpfen draufsteht. Selbst wenn die Kosmetikindustrie voraussetzt, dass ein neuzeitiger Verbraucher, die englische Sprache beherrscht. Es gibt auch noch eine lebende Generation, die für uns Nachkommen den Dreck vom schrecklichen Adolf beseitigt hat, und zum Lernen keine Zeit erübrigen konnte. Hinzu kommt noch: Lernen war früher teuer. O.k. Lassen wir das. Sie machte also folgendes: Mit zielgerichtetem Blick betastete sie das unübersichtliche Regal, und greift, ohne lange zu zögern, behände zu. Ich erkundigte mich erstaunt, wieso sie ausgerechnet diese Variante aus der Vielzahl angebotener Möglichkeiten ausgesucht hat, und bekam eine Antwort, die mir unbezahlbare Erkenntnisse schenkte. Die Form. Ja. Es war die Form der Flasche an der sie sich orientierte. Der Mensch ist ein Gewohnheitstier. So sieht es aus. Und so ganz langsam wird mir auch klar, warum die Werbeleute, mit oftmals unnötiger Aggressivität, um unsere Gunst buhlen. Sie glauben so handeln zu *müssen*, weil sie uns sonst, nicht unseren Gewohnheiten entreißen könnten. Der reife Mensch, die reife Frau lässt sich aber nicht gerne bevormunden. Ich bin mir ziemlich sicher: Würden sie einen Gang runterschalten, sie kämen wesentlich angenehmer, wesentlich sympathischer zu uns herüber. Vielleicht ergriffen wir dann gerne ihre führende Hand, wer weiß? Ich will und kann es nicht glauben, dass es wirklich Menschen geben soll, die sich von falschen Aussagen beeindrucken lassen, und sich daran orientieren. Wenn nichts mehr hilft werden Statistiken erfunden, dass Beispielsweise, über achtzig Prozent der Befragten, genau diese Zahnpasta benutzen. Genau diese, und keine andere. Und genau diese Zahnpasta ist die Beste der Besten. Sie ist so unfassbar gut, dass man eigentlich, seine Krankenkasse kündigen könnte. Auf was genau es beim Zähneputzen ankommt, und wie man sich verhält, wie man richtig putzt dass es erst gar nicht dazu kommt, das verraten sie uns nicht. Genetische Dispositionen als Ursache werden komplett ignoriert. So nach dem Motto: Sie kommen schon selbst dahinter wenn nur noch eine Prothese hilft. Dafür muss man umschalten, und eine kluge, medizinische Aufklärungssendung ansehen. Wenigstens wird man dort nicht verschaukelt. Wie geht es Ihnen eigentlich dabei? Sie sind ja immer noch da. Ganz schön tapfer. Dankeschön dass Sie durchhalten. Wenigstens langweile ich Sie nicht. Das ist ein großes Lob für mich. Aber, finden Sie dass ich eine alte Meckertante bin? Viel zu eng im Urteil, vielleicht sogar eine vertrocknete Spießerin, wenig weltoffen? Daran könnte ich nicht einmal was ändern, denn Sie haben ein Recht darauf, sich Ihre eigene Meinung zu bilden. Hauen Sie mir ruhig anschließend eine vernichtende Rezension um die Ohren. Ich bin Kummer gewöhnt. Aber bitte, bitte keine Neid-Rezension. Schließlich steht es Ihnen frei, selbst ein Buch zu schreiben. Aber Vorsicht. Auch hier kann man aufs Glatteis von Werbeaussagen ausrutschen. Die schnell wachsende Self-Publisher-Branche buhlt auch um Ihre Gunst. Es ist wie überall. Obacht.

Alles was Frau von Kopfhaar bis Fuß braucht, befindet sich nun in meinem Einkaufswagen. Soll mir keiner nachsagen können, ich gäbe nicht alles. Und schon gar nicht ich sei geizig. Verbindlichsten Dank nach oben, dass dieser dumme Spruch aus der marktschreierischen Werbewelt wieder verschwunden ist. Geiz ist alles andere als geil, Geiz ist eine der sieben Todsünden, liebe Werbefuzzis. Noch nie die Bibel gelesen? Bücher nimmt man ja heute nicht mehr in die Hand. Man bedient sich moderner Technik. I-Pad, Tablet Kindle und Co. Zu dumm nur, dass man- wenn man wie ich, in der stabilen Seitenlage darin lesen möchte, man sich schrittweise einem Nervenzusammenbruch nähert. Das Bild kippt in dieser Position immer so herum, dass Lesen wollen, zu einer sehr unangenehmen, akrobatischen Haltung zwingt. Das kann einem mit einem altmodischen Buch nicht passieren. Selbst eine aggressive, durch ein lädiertes Ozonloch einfallende Sonnenbestrahlung, behindert diese Art des altmodischen Lesens nicht. Vom Ärger über einen schlappen Akku ganz zu schweigen. Egal. Auch auf modernste Leseart kann man sich über die sieben Todsünden kundig machen. Geiz gehört nun einmal dazu. Nicht meine Schuld. Geld muss fließen, das habe ich schon als junge Frau so praktiziert. Dass man nicht mehr ausgeben kann als man verdient lernte ich mit der Zeit. Ein „S" auf dem Kontoauszug hat eine bei Weitem ganz andere Bedeutung als ein liebevolles „H", schon klar. Kredite ohne Schufa sind noch nicht so lange in Mode als dass ich hätte davon partizipieren können. Und jetzt... Jetzt und heute, bin ich durch bedachtsamen Einsatz meines Geldes, und Resistenz gegen Verführungen aller Art, einigermaßen auf der sicheren Seite. Nicht Geiz, sondern angebrachte Sparsamkeit, war dafür, unbedingt erforderlich. Keine Kredite für kurzlebige Verbrauchsgüter. Erst dann kaufen wenn die Kohle im Topf ist. Dafür muss man nicht jüdischer Abstammung sein. Dieses Sicherheitsdenken hat auch in anderen Ideologien Platz. Wenn man sich daran gewöhnt hat, tut es nicht einmal mehr weh. Man muss schließlich nicht alles haben was man sieht, oder, wo man gezwungen wird hinzusehen. Es gab Zeiten in meinem Leben, da war für eine noch so günstige Tagescreme einfach kein Geld übrig. Eine Flasche Trauben Kernöl hat über diese mageren Zeiten hinweggeholfen. Meine Haut und ich, wir haben das zusammen, gut überstanden. Und wenn man dann einmal auf der Lebensleiter so richtig böse ausgerutscht- und unten hart aufgeschlagen ist, bekommt man eine viel gesündere Sichtweise auf die Dinge. Spätestens dann, lernt man, dass man sich nicht zu beklagen hat über Dinge die man nicht besitzt, sondern man sich erfreuen sollte, an allem was man hat. Oh... ich sollte nicht ins Nachdenken abdriften. Das führt zu nichts. Bestenfalls zu einem anderen, nächsten Buch. Entschuldigen Sie bitte. Soll nicht wieder vorkommen. Konzentrieren wir uns lieber wieder auf den Einkauf. Und dabei fällt mein Blick auf meinen überfüllten Einkaufswagen. Viel passt nun nicht mehr hinein. Den geschätzten Besuch in der Bücherecke, den, muss ich verschieben. Noch schnell ein Päckchen Einmalrasierer aus der Kosmetikabteilung für Männer einsammeln, dort sind sie nämlich deutlich günstiger, und dann so langsam dem Ende entgegenschreiten.

Vor mir läuft gerade ein schwergewichtiges Paar mit zwei Kindergartenkindern. Eine Bruttoregistertonne schaffen alle gemeinsam auf die Waage. Wie kann man sich nur so gehen lassen? Es sind noch junge Menschen, verflixt. Beide Kinder sind zukünftige Adipositas-Patienten. Beide Kinder kauen auf Süßigkeiten herum und quengeln nach mehr. Bei diesem Anblick bricht mir fast das Herz. Die junge Frau hat ein bildhübsches Gesicht. Wie eine Madonna. Aber einen Blick der genervt in die Leere geht. Ihr Mann schlendert desinteressiert hinterher, und greift nicht ein, als beide Kinder immer lauter betteln. Ein Blick in *ihren* Einkaufswagen zeigt *mir*, dass die Werbeindustrie auf Erfolgskurs segelt. Alles, was die abendliche Fernsehwerbung so hergibt, ist darin vorzufinden. Hier wird gepringelt, gechipst, geschweppt und keine süße Versuchung ausgelassen. Justin, wir haben ein Problem, würde ich dem Jungen gerne zurufen. Aber es geht mich nichts an. Erst als „Justin" wütend gegen den Einkaufswagen tritt, weil man seinen Aufforderungen nicht nachzukommen gedenkt, wende ich den Bug meines überfüllten Gefährts und schlage einen anderen Kurs ein, sonst verbrenne ich mir am Ende noch dem Mund, oder schüttle den verfressenen Bengel aus seinem Baseball-Shirt. Ja, ja. An ihren Früchtchen werdet ihr sie erkennen. Das steht schon in der Bibel. Der Anblick solcher Paare, heilt die Diskriminierung, mit der man als Single-Frau zu kämpfen hat. In diesem Augenblick ist es vergessen, dass man nicht mehr zu Festen eingeladen wird, weil man ja eine potenzielle Gefahr für alle Ehemänner darstellt. Selbst im engsten Freundeskreis praktiziert man diese unbegründete Art und Weise. Genau solche Paare - lethargisch, lieblos, sprachlos, aneinander nicht mehr interessiert, von Gleichgültigkeit gefesselt, die, sind der Grund dafür dass sich unsere Gesellschaftsstruktur so verschoben hat. Oder warum glauben Sie, dass es so viele Haushalte, mit nur einer Person gibt? Die Angst geht um. Es ist um ein Vielfaches besser, alleine im stillen Winkel einer Dachkammer zu wohnen, als mit einem unerträglichen Partner in einem schönen Haus. Das ist meine Devise. Mit diesem Schiff fahre ich ganz gut, und komme vor allem ans friedliche Ziel. Wie hat er da gerade gebrüllt, der kleine, dicke, verfressene Justin? „Wenn ich jetzt nicht sofort ein Eis bekomme, dann rappelt 's im Karton?" Tatsächlich. Ich höre ihn jetzt schon wieder schreien. Das ist nicht Kindermund. Niemals. Der Bengel zieht sich zu Hause die Werbung für die Love-Toys rein. Die, die zurzeit abends ausgestrahlt wird. Nicht zu fassen. Ist es denn die Possibility? Dumpfe Dialoge auf Rezept der Werbemacher, frei Haus geliefert, von den Kleinsten der Kleinen aufgesogen und verkonsumiert, das ist der Hit. Daran habe ich überhaupt noch nicht gedacht, was die Slogans der Spezialisten, so alles anrichten können. Aber natürlich. Irgendwoher muss die Deformierung unserer schönen Sprache ja herstammen. Und ich Idiotin habe immer die Schulhöfe dafür verantwortlich gemacht. Wie konnte ich nur so blind sein. Mit mir stimmt wirklich etwas nicht. Das hat auch schon mein Ex behauptet, und ich habe es nie ernst genommen was er mir vorhielt, weil er mich immer gerne klein halten wollte und neidisch war auf meinen Titel. Ich Ing. Du nix. Ich auf dem Tisch getanzt, wenn jemand auf die Idee gekommen wäre, mich mit meinem Titel anzusprechen. So was Albernes auch. Wir sind ja hier schließlich nicht in Österreich, wo jeder Fiffi mit Herr Doktor oder Kommerzienrat angesprochen wird, obwohl er eine Universität noch nie von innen gesehen hat. In Bezug auf mehr „sein" als „ist" sind unsere benachbarten Schluchtenscheißer etwas ungewöhnlich in der Handhabung. Aber… Das muss man ihnen wirklich lassen: Sie machen gute Werbung. Früher jedenfalls. Wenn man den Fernseher eingeschaltet hat, bekam man vorwiegend, richtig gute Werbung zu sehen. Ernsthaft. Auf einem Wintercampingplatz hat man am Abend nicht viele andere Möglichkeiten als fernzusehen. Die viele frische Luft haut einem dermaßen aus den Schuhen, dass man, viel zu faul ist um sich noch großartig aufzuhübschen und um die Häuser zu ziehen. Ich habe sogar, noch lieber die Werbung gesehen, als den Abendfilm. Ja… Die Österreicher. Das haben sie wirklich drauf. Geschäfte sollte man mit ihnen nicht machen, dabei zieht man immer den Kürzeren. Aber sonst… Was? Ob ich etwas gegen Österreicher habe? Aber nein, woher denn. Dieses böse Wörtchen ein paar Zeilen vorher ist doch nur geneckt. Ich mag die Nachbarn, vor allem ihre Sprache, wenn es nicht gerade wienerisch ist. Und ihre Berge wenn Schnee darauf liegt. So etwas haben wir ja nicht. Hier gibt es nur den Bungsberg. Wenn man nicht genau aufpasst hat man ihn übersehen. Eigentlich kein Bungsberg, eher ein Bungshügel. Jetzt habe ich mich schon wieder festgeplappert. Immer wenn Werbung ins Spiel kommt, und sei es noch so weit hergeholt, lasse ich mich meiner Konzentration berauben. Was wollte ich eigentlich sagen? Wie war das noch gleich…? Ach so… Ja. In dem Jahr, als ich mich auf diese Welt gedrängelt hatte – 1957 war das - da kam es in den USA zu einhundertachtzehn Augenzeugenberichten über UFO-Sichtungen. Genau. Jetzt erinnere ich mich. In *meinem* Geburtsjahr kam es zu diesem Phänomen. Überall wurde davon berichtet. Jetzt komme ich selbst ins Grübeln. Ich bin doch nicht… von einem anderen Planeten? Unsinn! In meinem Kopf sind temporär, auch ein paar Stellen, die man durchaus als „normal" bezeichnen könnte. Wie ich darauf komme, wollen Sie wissen? Also hören Sie mal… Jetzt werden Sie aber mal nicht keck hier. Schließlich bin ich dazu in der Lage geradeaus zu laufen, einen PKW zu steuern, meinen Einkauf selbst zu erledigen, und einen Lebensstil bis zum Vollzug der Privatinsolvenz zu vermeiden. Das ist doch schon mal eine ganze Menge, finden Sie nicht? Wenn ich ein wenig kritischer bin als gesund, dann liegt das an meinem ausgeprägten, pathologischen Gerechtigkeitssinn. Es geht mir nun einmal gegen den Strich, wenn wir am laufenden Band, übervorteilt werden. Und das geschieht tagtäglich. Sie bemerken es nur nicht mehr, weil Sie sich längst daran gewöhnt haben. Versuchen Sie doch einmal eine- über Jahre hinweg verkalkte Kachel, so eine, wie in der Werbung zu sehen ist, ja genau, die meine ich. Versuchen Sie doch einmal, die, mit *einem* Wisch sauber zu kriegen. Und…? Geht Ihnen jetzt ein Licht auf? Ja? Das will ich aber auch meinen. Sonst müsste ich an Ihnen zweifeln, nicht umgekehrt.

Ich brauche eine kleine Pause. Hunger meldet sich auch an. Justin hat mich meiner Motivation beraubt ohne Zwischenstopp meinen Einkauf zu erledigen. Außerdem habe ich meine Haarfarbe vergessen und müsste sowieso noch einmal zurücklaufen. Hinzu kommt noch, dass eine leckere Portion Fisch in meinen Vierer-Intervall der tierischen Eiweißzufuhr, hineinpasst. Das sündteure Montana-Steak gibt es erst nächste Woche. Bis dahin darf es in der Kühlung mariniert reifen. Na dann… Eine gekonnte Halse mit meinem vollen Einkaufswagen, und ab zu „Gosch", der natürlich nicht Gosch ist, sondern ein Franchise Unternehmen. Jürgen Gosch kann sich ja schlecht in mehrere Teile aufschneiden. Das tut der Qualität des Essens jedoch keinen Abbruch. Bis jetzt war ich immer sehr zufrieden mit dem was man mir serviert hat. Ja… Grinsen Sie nicht so frech. Ich kann auch mal zufrieden sein. Immer dort wo es auch verdient ist. Ich werde nur stachelig wenn es um Verarsche-Werbung geht. Immer hübsch ehrlich bleiben. Dann kommt man auch in den Himmel. Nur noch ein paar Meter. Gleich haben wir es geschafft. Mein Magen macht Freudensprünge. Ich habe wirklich großen Früh-Mittag-Hunger.

Nur ein älteres Ehepaar sitzt an einem der Zweiertische und lässt es sich gut schmecken. Ältere Menschen essen gerne zu festen Uhrzeiten, davon kann ich ein Lied singen. Meine Eltern werden sehr ungehalten wenn nicht Punkt zwölf das Mittagsmahl auf dem Tisch steht. Das ist so die Zeit wenn ich ans Frühstück denke, weil ich vorher, einfach nichts hinunter bekomme. Besuche zu Hause, sind von diesem Umstand, immer etwas belastet. Sie kennen das sicherlich auch.

Ich setzte mich gleich vornean, ganz in die Nähe der Theke, damit man mich auch nicht übersieht. Single-Frauen werden gerne mal übersehen. Warum das so ist, dafür habe ich keine Erklärung. Der junge, kräftige, unverschämt grinsende Kellner ist auch wieder im Dienst. Wir kennen uns vom Sehen her schon ziemlich lange. Und ich habe ihn schon dabei beobachtet wenn er andere Gäste bedient. Dabei grinst er nicht so anzüglich. Nach einer knappen Begrüßung – dieses Grinsen ärgert mich – bestelle ich das einzig Wahre. Aber bitte nicht so viel Schaum obendrauf. Ich trage Lippenstift, ja. Mein heißgeliebtes Lachssteak mit Bratkartoffeln und Salat, aber ohne Remouladensoße, dafür mit einer Zitrone. Mhm… Das Wasser läuft mir im Munde zusammen. Jetzt noch ein bisschen die Füße hochlegen können, und ich fühlte mich im Paradies. Natürlich geht das nicht. Ich weiß mich zu benehmen. Manchmal. Die Wartezeit ist immer sehr kurzweilig, weil man von hier aus Menschen beobachten kann, die ihre Einkäufe erledigen. Meist sind Frauen alleine unterwegs. Hin und wieder sieht man einen Mann, der nicht selten, einen Zettel in einer Hand hält und sich suchend umschaut. Das ist der Unterschied. Diese Konsequenz ist uns Frauen nicht gegeben. Wir kaufen unbedenklicher, spontaner ein, und halten uns nie daran *was* wir eigentlich kaufen wollten. Diese Tatsache dürfte dafür verantwortlich sein, dass man uns irrtümlicher Weise, als „das schwache Geschlecht" bezeichnet. An weiteren Argumenten, für diese fehlerhafte Bezeichnung, mangelt es mir an nennenswerten Beispielen. Anderes Thema. Dieses Eis ist ziemlich dünn, und es gibt schon genügend Männer die mich nicht leiden können. Da kommt auch schon der Block Bastard auf meinen Tisch zugesteuert und stellt mir, mit einem angedeuteten Diener, mein friesisch Herbes vor die Nase. Soll er denken was er will. Ein ehrliches Bier ist nach so einer anstrengenden Marathon-Einkauferei, wirklich das einzig Wahre. Eins darf man, ohne seinen Führerschein zu gefährden.

Und ich sage Ihnen ganz ehrlich: Auch ich lasse mich gerne von guter Werbung inspirieren. Ich schwöre es. Aber ehrlich muss sie sein, sonst boykottiere ich den angepriesenen Artikel mit aller Konsequenz. Und da kommt ja auch schon mein wundervolles Essen. Das ging aber fix heute, Donnerwetter. Na, ja. Ist ja auch kein Mensch da. Noch zu früh. Vermutlich werden Sie sich jetzt fragen, wieso ich schon wieder Hunger habe, wo ich doch so viele Schaumküsse verdrückt habe. Ich verstehe es ja selbst nicht. Süßigkeiten treiben bei mir immer den Hunger an. Derartiges hält einfach nicht lange vor, und die Vermutung liegt nahe, dass, Zucker im Überfluss einfach nicht gut für unseren Körper ist. Die zarteste Versuchung seit es Schokolade gibt ist wahrhaft eine sehr feine Sache. Nur sollte man es – ähnlich wie bei einem Hund – als Leckerchen handhaben, und sich nicht daran satt essen. Logisch. Das habe ich auch schon gemacht. Und dann war ich anschließend froh darüber, dass man mich zur Lösung des Problems, von der Mattscheibe aus unterstützte. Ob Laxoberal, Dulcolax oder sonst ein Lax, diese Werbung will ich während des Essens *auch* nicht hören. Aber sie hilft. Schnell und meistens unkapriziös. Werbung täte nicht Not. Wer zu diesem Hilfsmittel greifen muss, der findet es auch so. Garantiert. All das schöne Geld könnte zu einem günstigeren Preis betragen, aber auf mich hört ja niemand. Komisch... Der Block Bastard starrt mir die ganze Zeit beim Essen zu. Was hat er nur? Vorsichtig tupfe ich mir den Mund mit der Serviette ab. Womöglich habe ich etwas vom Fisch daran hängen und sehe albern aus. Da war aber nichts. Die Serviette ist sauber. Habe ich ein Loch in der Bluse? Oder einen Fleck? Einen Rest von der Schaumkussschokolade? Keine Ahnung. Zu offensichtlich will ich es auch nicht nachprüfen. Der Block Bastard wird sich schon wieder beruhigen. Tut er aber nicht. Er glotzt ungeniert weiter in meine Richtung. Jetzt bin ich es langsam leid. „Ist irgendwas", will ich wissen, und ernte dafür ein anzügliches Lächeln. So was Blödes. Was mache ich denn jetzt? Es reicht mir, und ich frage nach, ob er ein Passbild von mir haben will. Das funktioniert zur Abschreckung eigentlich immer. Und hätte ich geahnt was jetzt passiert, ich hätte garantiert meinen Mund gehalten. Die große Gemeinde, der mir feindlich gesinnten Männer, reduziert sich in dieser Sekunde um ein Exemplar. Der junge Kellner kommt an meinen Tisch und strahlt. Sein anzügliches Grinsen, hat sich im Bruchteil einer Sekunde, schlagartig verändert. Er hält mir seine geöffnete Hand unter die Nase, und ich begreife erst gar nicht was er will. „Oh ja", meint er. Das sei aber nett von mir ihm ein Bild zu überlassen. Er hätte mich schon monatelang im

Auge, und ob ich mit ihm mal essen gehen würde. Sie dürfen versichert sein lieber Leser; ich meine... Sie haben mich ja jetzt schon über ein paar Seiten hinweg kennengelernt. Sie können mir nicht nachsagen dass ich auf den Mund gefallen bin, weiß Gott nicht. Aber ich war zu einem Einwand nicht mehr fähig und auf der Stelle satt. Mehr als die Rechnung zu verlangen brachte ich nicht über die Lippen. Mit hängenden Schultern – mit ohne Lächeln – zog er ab, um, die verlangte Rechnung zu holen. Das Schweigen zwischen uns war zum Schneiden dick. Er hatte wohl eingesehen dass er mich missverstanden hatte, und ich, bereute meinen vorlauten Vorstoß. Außer mit einem angemessenen Trinkgeld konnte ich ihm keine Wiedergutmachung leisten. Das war richtig dumm gelaufen. Vor allem... wie sollte ich mich in Zukunft ihm gegenüber verhalten? Mir bleibt nur die Hoffnung, dass auch er, mit dem typisch männlichen Vergesslichkeits-Gen ausgestattet ist. Ich gehe.

Was ist nur mit der jungen Generation Männer los, die manchmal sogar, unsere Söhne sein könnten? Mir ist vor ein paar Monaten erst so eine drollige Geschichte passiert, die, ich ganz am Anfang kurz andeutete. Nach einem Einkauf komme ich zurück zu meinem Wagen, und da klemmte ein kleiner Zettel an der Windschutzscheibe. Das ist mir schon oft passiert, und meistens, sind es irgendwelche dubiosen Autoaufkäufer die ihre Telefonnummer hinterlassen. Sie kennen das sicherlich auch, vorausgesetzt Sie fahren einen teuren Wagen, oder einen Exoten wie ich. Also schenkte ich diesem Zettel keine weitere Beachtung. Neugierig bin ich nicht, und nachdenken liegt manchmal außerhalb meiner Funktion. Dieser ganz bestimmte Zettel, dachte auf dem Nachhauseweg, nicht im Traum daran, von Wind erfasst, wegzufliegen. Als ich in die Tiefgarage fuhr war er immer noch dran. Nun kommt es vor, dass ich oft wochenlang mein Auto stehen lasse, und kleinere Einkäufe alle zu Fuß erledige. Das dient der körperlichen Ertüchtigung, auf die ich, neuerdings so erpicht bin. Man bekommt sie schließlich überall vor Augen geführt, diese, alles überspülende Fitness-Welle. Welle ist leicht untertrieben. Diese Welle ist zu einem „blanken Hans" herangewachsen. Jedenfalls stand mein Wagen wochenlang in der Garage. Dann musste ich zum TÜV. Meine freundliche Werkstatt hatte mir eine freundliche SMS zukommen lassen, um mich freundlich daran zu erinnern. Die Zeit vergeht… Man kann gar nicht hinsehen ohne einen Schock davonzutragen. Auch nicht in den Personalausweis, ohne, dass einem das kalte Grauen packt. Dieser Zettel hing also immer noch an meiner Windschutzscheibe. Kein neugieriger Nachbar hatte ihn entfernt. Diesmal nicht. Und jetzetle las ich ihn zum ersten Mal. Sehr freundlich, sehr höflich, und vor allem fehlerfrei, hatte darin, ein männliches Wesen eine Einladung zum Essen gehen ausgesprochen. Hätte er nicht erwähnt dass er einen schwarzen Mercedes GLK fährt, der damals offenbar an mir vorbeigefahren ist, ich ihm aber keinerlei Beachtung geschenkt hätte, so läge die Vermutung nahe, dass es jemand sein könnte der auf solche Autos wie ich es fahre, ein Auge geworfen hat. Junge Männer mit Migrationshintergrund bekommen manchmal Frühlingsgefühle, wenn ihnen *meine* Felgen ins Auge fallen. So ungewöhnlich ist das nicht. Ich selbst bin, niemals damit gemeint, wenn mir jemand Avancen macht. Bin ja nicht naiv. Aber dieser ganz besondere Zettel war wirklich etwas Besonderes. Die Telefonnummer von meinem vermeintlichen Verehrter stand auch darauf, was mir, die Sache noch zusätzlich erschwerte. Unentschlossenheit kann man mir eigentlich nicht nachsagen, aber in diesem speziellen Fall... Ratsuchend habe ich mich an meine vertraute Freundin gewandt und sie um ihre Meinung gebeten. Das hätte ich mir auch schenken können, denn sie macht keinen Hehl daraus, dass sie meine Lebensart etwas skurril findet. Anstelle eines wohlgemeinten Rates, fing ich, mir, eine gehörige Kopfwäsche ein. Ich wiederhole lieber nicht was sie alles gesagt hatte, sonst könnte diese Litanei unter Umständen den Eindruck, den Sie lieber Leser bisher von mir gewonnen haben, noch zusätzlich untermauern. Ich möchte aber dass Sie sich Ihr eigenes Urteil bilden. Und so, von meiner Freundin wieder auf ein menschliches Maß zurechtgestutzt, saß ich da, mit meiner Weisheit und einem Zettel in der nervösen Hand, der mir Angst einjagte. Was tun? Wie würde ich mich fühlen, wenn ich so eine nette Nachricht irgendwo anbrächte, und keine Sau würde mir antworten? Vermutlich wäre ich gekränkt. Zumindest aber für die nahe Zukunft stark verunsichert. Also fasste ich mir ein Herz und schickte dem netten Menschen eine SMS. Ich entschuldigte mich darin höflich dass ich jetzt erst reagiere, weil ich ihn übersehen hätte, diesen Zettel. Das glaubt mir kein Mensch, dachte ich, und so war es dann auch. Ich fügte noch bei, dass ich, hinter der Schrift einen sehr jungen Mann vermute – ich lag richtig – und wies ohne große Umschweife auf mein genaues Alter hin. Ferner mutmaßte ich, dass es sich wohl um einen Irrtum handeln müsse, weil man aus einiger Entfernung, ein exakteres Lebensalter schließlich nicht genau bestimmen könne. Es dauerte keine zehn Minuten und mein Handy gab Laut. Die Antwort des Unbekannten. Eine ungewöhnlich lange Antwort, und ohne eine dumme

Plumpheit. Sehr angenehm und intelligent. Er ließ mich nebenbei auch wissen, dass er, Adleraugen besäße. Damit wollte er meine Vermutung ausheben, von wegen, er habe sich verguckt. Dies wiederum, ließ *mich* allerdings nicht gerade hoffen, dass ich so ganz ohne weitere Bemühungen, ungestreift aus dieser Nummer wieder herauskommen würde. Dreisten und dummen Menschen gegenüber kann man wesentlich leichter schroff sein, als wenn, jemand dir auf Augenhöhe begegnet. Mir geht es jedenfalls so. Sich Freundlichkeit vom Hals zu schaffen, ist, ein schier unmögliches Unterfangen. So habe ich dann noch einen zweiten Anlauf genommen, und mit meinem hohen Alter, gegen diese Einladung argumentiert. Ich sollte vielleicht noch erwähnen, dass der freundliche Zettelschreiber mir bei der ersten SMS-Antwort, ein kleines Bild von sich hat zukommen lassen. Sehr appetitlich. Das muss ich schon sagen. Aber mit zarten neununddreißig Jahren – dieses Geständnis musste er auf Grund meiner Vermutung ablegen - leider um ganze Galaxien zu jung. Und wenn man eine fünfzehnjährige Abstinenz gelebt hat, kann man nicht beim Ersten Mal, gleich auf Großwildjagd gehen. Sonst kommt es zu unkalkulierbaren Jagdunfällen. Hübsch klein anfangen – wenn überhaupt. Tja… Und dann hat er mir mit der nächsten SMS sämtlichen Wind aus meinem schon schlaff gewordenen Segeln genommen. Er schrieb mir aus dem Handgelenk heraus… ein Gedicht. Ein echtes, wahrhaftes, freigedachtes, kreatives Gedicht. Und das in der heutigen-, eiskalten, oberflächlichen, volldigitalisierten Zeit. Am Ende seiner Nachricht unterstellte er mir ganz keck, dass mich, *das* unmöglich kalt lassen könnte, denn schließlich sei ich ja doch eine Frau, wenn auch eine ausgebuffte, abgeklärte. Ein zu Null für ihn. Und jetzt will ich Sie nicht länger auf die Folter spannen, und Ihnen, das Gedicht nicht noch länger vorenthalten. Ganz genau so, ohne Kürzung, Ergänzung, Beschönigung oder Korrektur, so, wie es im Original geschrieben stand, so sollen Sie es zu lesen bekommen. Wenn ein Fehler drin ist geht das nicht auf meine Kappe. Ich mache genug eigene. Ich finde, für die Kürze der Zeit die er dazu hatte, ist es großartig geworden. Aber sehen Sie selbst:

Die Dunkelheit steigt mir ins Gesicht,
doch denk` ich gerade an mein Leibgericht;
Ganz niedlich süß und nicht zu klein,
passt in den Speiseplan gut rein;
Als ich es sah,
es sofort geschah;
Es musste vor Ort verbleiben,
was ich wollte schreiben.
Ach, dürfte ich es doch probieren,

tät bitten ich auf allen Vieren.
Würde es lange nur anschauen,
den schönen Anblick erst verdauen.
Und ist es auch 59 Jahr,
zum Gaumenschmaus gereift wie guter Wein,
so sollte ein Leckerbissen sein.
Zauberst ein Lächeln auf mein Gesicht,
Lele mein kleines Leibgericht.

Na…? Was meinen Sie dazu? Das ist doch wirklich allerliebst, nicht wahr? Wer fühlte sich da nicht geschmeichelt. Ein echter, denkender, interessanter, kreativer, ausgebuffter? Mann. Sogar so ein Granitbrocken, wie ich einer bin, bekommt man damit zum Schmelzen. Das geht runter wie Butter. Selbst bei mir. Ich… die Künstlerin schlechthin. Die Zauberin, die die Fähigkeit, sich unsichtbar zu machen, aus dem „ff" beherrscht. Und wenn das nicht hilft, kann ich mich, sogar komplett in Luft auflösen. Ein echter Hardcore-Single. Immer bewaffnet. „Bisschen krank in der Birne", denken Sie jetzt. Ich kann es hören. Denken Sie was Sie wollen. Ich habe schließlich meine Gründe. Aber, um noch einmal auf dieses entzückende Gedicht zurückzukommen: Er – Marco hieß er übrigens – hat es tatsächlich geschafft, meine längst verstorbene Neugierde, zu erwecken. Einen letzten zaghaften Versuch, mich aus dieser Sache herauszuwinden, habe ich noch unternommen. Ich erklärte ihm, das Essen gehen, einem Date gleichkäme. Und ein Date sei für mich vollkommen ausgeschlossen. Und ab hier fing es irgendwie an Spaß zu machen weil ich einen intelligenten Menschen vor mir hatte. Ohne lange zu überlegen verwandelte er die Einladung zum Essen gehen in einen simplen Kaffee. Was soll man dann noch sagen? Ein Einfaches „nein…?" Das hatte er wirklich nicht verdient. So schuftig bin ich dann doch nicht. Wir verblieben nach dieser interessanten Kommunikation aber ohne einen vereinbarten Termin. Ein paar Tage vergingen. Es bringt zwar nicht viel, weil wir in dieser Beziehung nie einer Meinung sind, aber ich holte erneut Rat von meiner Freundin Sabine ein. Sie möchte mich manchmal an die Wand klatschen. Das weiß ich schon. Ich zeigte ihr diese ungewöhnliche SMS, und fragte sie, wie ich mich am besten Tod stellen könnte. „Wenn du das machst", sagte sie mit Nachdruck. „Dann bekommst du es vom Universum auch umgehend zurück. Denke daran: Der liebe Gott vergisst nichts." Ja… Das sind Argumente die mich in Schach halten können. Das weiß sie. Ich holte mir natürlich wieder eine Packung bei ihr ab, denn sie machte mir große Vorwürfe, warum es nicht in meinen Kopf hinein wollte, dass ein Mann mit 39 Jahren *kein* Junge mehr sei, sondern ein vollständiger *Mann*. Woher ich die Überheblichkeit nehmen würde, diese Altersklasse, so zu degradieren. Dahingehend würde in meinem Oberstübchen wirklich etwas aus dem Ruder laufen. Und außerdem: Statistisch sei ja wohl erwiesen, dass Frauen Minimum sieben Jahre länger leben würden, als ihre männlichen Artgenossen. Schon aus der Tatsache heraus würde es Sinn machen, wenn, eine Frau älter sei als der Mann. Das sah ich sogar noch ein, aber ... *zwan-zig Jahre*? Ich bin doch nicht Madonna. Nach einem Tool-Boy steht mir nun wirklich nicht der Sinn. Irgendwo ist eine Grenze. Und die ist bei zwanzig Jahren eindeutig überschritten. Wir debattierten noch eine Weile herum, bis sie mich auf einmal, als „Feigling" bezeichnete. Bei allem was Recht ist, aber feige bin ich nicht. Wir trennen uns daraufhin ohne einen Plan. Sie würde mir nicht wirklich helfen können, das musste ich einsehen.

Ein wenig hoffte ich wieder, er – Marco - würde die ganze Angelegenheit wieder vergessen. Diese Rechnung hatte ich aber ohne den Wirt gemacht. Am darauffolgenden Sonntag – ich kämpfte gerade mit meinem Bildbearbeitungsprogramm – piepste mein (verhasstes) Handy. Eine Störung war mir jetzt nicht willkommen. Ich öffnete die SMS und las, dass er – Marco – rein *zufällig* in der Nähe sei, und ob ich nicht Lust auf besagten Kaffee hätte. So ein Schlitzohr. Na warte. Jetzt soll er mir ins Gesicht blicken und sehen, dass es um seine Adleraugen nicht so gut bestellt ist wie er glaubt. Von wegen: Ein Leckerbissen. Ein verknitterter Leckerbissen vielleicht. Und auf jeden Fall nicht mehr taufrisch. Er wird danach sicher die Anschaffung einer Brille in Erwägung ziehen. Da bin ich mir ganz sicher. Na gut. „Komm Star. Du willst es. Du kriegst es. Ich bin auf Empfang." Ohne darüber nachzudenken was ich überhaupt für einen Eindruck machen würde, beschloss ich zuzusagen. Ich erklärte ihm wo er auf mich warten sollte, und flog hastig in meine Klamotten vom Vortag. Ungeschminkt und fern der Heimat. So bin ich losmarschiert. Wahnsinn. Ich weiß. Aber zur Abschreckung ist mir jedes Mittel recht. In dem Augenblick als ich losging, war der Marsch, eher eine kleine Sporteinheit. Ob ich wirklich wusste was ich da tat, ist mir, bis heute nicht ganz klar. Eine halbe Stunde später standen wir uns – von Angesicht zu Angesicht – gegenüber. Ja ich weiß. Ich habe diese Strafe wirklich verdient. Es geschieht mir recht, werden Sie gleich sagen. Im Grunde streite ich das auch nicht ab. Aber so hart hätte es mich auch nicht treffen dürfen. Schließlich habe ich keiner Fliege etwas zuleide getan. Warum immer ich? Da stand er nun. Eine wirklich große Portion Mann. Von seinem kleinen SMS-Bildchen war ich ja schon vorgewarnt. Aber wenn man so direkt davor steht,

111

vor so einem riesen Berg Fleisch- und Muskelmasse, sieht die Welt schon ganz, ganz anders aus. Aber...: Und jetzt kommt das berühmte „aber", welches für mich diese Strafe ausmachte, von der ich eben redete. Dieser neununddreißig Jährige Herkules hatte ein Gesicht wie ein dreißigjähriger Herkules. Schlimmer geht`s nimmer. Gute Gene, was auch immer. Er sah deutlich jünger aus als angegeben. Natürlich habe ich mich sofort gefragt ob er ganz gesund ist, sich trotzdem mit mir treffen zu wollen, wo er doch jetzt wusste wie alt ich bin. Und ich habe mich gefragt, ob er, nicht doch ein bisschen geflunkert hat. Das läge schließlich auf der Hand. Ich vermutete, dass würde ein kurzes Treffen werden, und ich könnte gleich wieder in meine Jogginghose hüpfen und den Kampf mit meinem Computer wieder aufnehmen. So lief es dann aber nicht. Wir haben uns tatsächlich ganz nett unterhalten. Er hat von sich ein wenig erzählt - meine anfänglichen Bedenken waren vollkommen unberechtigt, musste ich feststellen. Ohne Übertreibungen oder Angebereien. Ein höflicher, netter, attraktiver, intelligenter, junger Mann saß mit gegenüber, und strahlte mich mit seinen hellblauen Augen an. Hier gab es – außer diesem blutjungen Gesicht – nichts zu bemängeln. So ein Mist. Wie Frauen nun mal so sind, wollte ich, natürlich auch sein Sternzeichen wissen. Widder und Krebse passten ebenso wenig zueinander, wie Widder und Stiere, versuchte ich ihm klar zu machen. Männer haben zu derartigem Krimskrams natürlich selten Zugang, und schütteln nur entsetzt ihre weisen Häupter. Diese große Portion Mann mir gegenüber hielt es damit kein Stückchen anders. Er gäbe nichts auf solche Aussagen, meinte er. Eigentlich ist das immer gut, weil die Herren der Schöpfung so auch nicht erfahren können, wie gut man sie doch eigentlich einschätzen kann. Mir persönlich kommt das sehr entgegen. Zunächst versuchte er mich aufs Glatteis zu führen, aber meine Verneinung, dass er auf keinen Fall ein Stier sein könnte, bewog ihn dann doch noch, mir sein Geheimnis zu verraten. Ein Schütze. Oha. Wenn man in der Astrologie etwas genauer arbeiten würde, müsste es nicht Schütze, sondern Schürzenjäger heißen. Vorwiegend sehr attraktive, kluge, erfolgreiche Männer, mit dem Hang sich sehr schnell zu langweilen, wenn man ihnen nicht das Wasser reichen kann. Natürlich gibt es auch Ausnahmen die die Regeln bestätigen, aber mit den Grundcharakteristiken liegt man meist nicht weit daneben. So, so Bürschchen. Ein Schütze bist du also, dachte ich bei mir. Dann weiß ich von dir mehr als dir lieb ist. Wir hätten nämlich da so ein paar Eigenschaften, die wir uns teilen. Zum Beispiel: Einen sehr ausgeprägten Egoismus sein Ding so durchzuzie-

113

hen, wie *wir* uns das vorstellen, und nicht wie man es von uns erwartet. Wohin das führt das sieht man ja. Jedenfalls in den seltensten Fällen zu einer stabilen Partnerschaft. Dann muss es schon die wirklich wahre Liebe sein. Dann klappt es sogar bei Widder und Schütze, den beiden ausgeprägten Alpha-Tieren. Und wenn es klappt, dann bringen sie es zu etwas, weil keiner von beiden die Arbeit scheut. Aber bis dahin, ist es oft ein langer Weg, bevor man sich zur erforderlichen Treue entschließt. Und bis dahin bläst der attraktive Schütze-Mann unzählige Male zum Halali. Das macht ihm großen Spaß. Einen Höllenspaß, um etwas präziser zu werden. Ist die Jagt vorbei, wirft er ziemlich schnell seine Flinte in die Ecke, und lauert auf das nächste Event. Gehört man zu seiner erlegten Beute, wird man anschließend im Gras abgelegt, und nicht einmal aufgegessen. Dort im Gras, neben vielen anderen erlegten Rehen, kann man sich dann in Ruhe Gedanken darüber machen, was gerade passiert ist. Das hilft dann auch nichts mehr. Diesen Jäger sieht man nie wieder. Zur Strafe, ist der Schütze-Jäger im Alter, meist ein wenig störanfällig. Das kommt vermutlich davon, weil er, von seinen vielen Jagdausflügen etwas erschöpft ist. Ein Reh, welches bis dahin durchgehalten hat, darf dann erleben, wie sich der agile Wilderer zur Treue entschließt. Ein Widder ist dafür bekannt, dass er in den meisten Fällen, keinen blassen Schimmer davon hat, wie man „Geduld" überhaupt buchstabiert. Sie können sich vorstellen, lieber Leser, was das für eine Ochsentour würde, wenn man… Genug davon. Ich hatte meinen innerlichen Retourenschein ohnehin schon ausgefüllt als ich ihn gesehen hatte. So ein junges Gesicht lag weit außerhalb meiner Leidensfähigkeit. Das führt zu nichts. Wenn ich mir einen Nachtisch gönnen möchte, kaufe ich mir lieber noch eine Packung dicker Schaumküsse. Womit wir wieder beim eigentlichen Thema wären. Den, von der Werbung beeinträchtigten Einkauf von Dingen, die wir eigentlich nicht brauchen. Weil mich diese Peinlichkeit mit dem Kellner etwas mitgenommen hat, gönne ich mir sofort noch einen Schaumkuss. So etwas Köstliches passt immer noch rein. Morgen renne ich mir wieder die Seele aus dem Leib, weil ich mich über mich selbst ärgere, und weil ich so viel gefuttert habe.

Jetzt stehe ich vor dem Regal mit den Haarfarben, und bekomme sofort einen dicken Hals, wenn ich Frau Fonda auf der Umverpackung des benötigten Muss-Artikels sehe. Ihr, neuerdings in Babysprache intoniertes: „Weil wir es uns doch *sowas* von wert sind", klingelt in meinen Ohren, und ich möchte gerne einen Urschrei absetzen. Ja, ja. Das glauben wir Frauen Ihnen aufs Wort, Frau Fonda. Im Ami-Land gibt es ja auch keine Friseure, nicht wahr? Oh... Entschuldigung. Friseure sagt man ja nicht mehr. Hair-Stylisten nennt man sie heute. So klingt es etwas akademischer. Und Sie Frau Fonda, färben sich Ihre perfekt frisierten, ähm... gestylten Haare selbstverständlich selbst. Wer`s glaubt. Man kann sich kaum noch vorstellen, wie dumm wir Frauen sein können, auf so einen hausgemachten Schmarren hereinzufallen. Man kann diese Werbung nicht ansehen und dabei nachdenken. Sonst wird man auf der Stelle verrückt. Eigentlich - so will sie uns weismachen - wollte sie ihre Haare überhaupt nicht mehr färben, weil es doch so unecht aussähe. Aber mit „L'Oréal Paris" sei Age perfekt. Klar. Liebe, liebe Hersteller dieses Artikels, den wir Frauen doch sowieso kaufen, weil wir ihn schlichtweg brauchen. Ist Ihnen denn der Wahrheitsgehalt ihrer Werbung so vollkommen schnuppe? Wenn eine Frau Fonda sich die Haare nicht mehr färben würde, weil es ja so unnatürlich aussieht, wäre das ein Fiasko. Sie müsste auswandern, weil in dem Land in dem sie lebt, niemand mit grauem Haar auf die Straße hinausgeht. Wenn wir „Alltagsfrauen" das tun, kräht kein Hahn danach, außer: Wir selbst. Hier, bei uns in Deutschland, begegnet man, Gott sei Dank, (noch) nicht uniformierten Gesichtern, an denen man erkennt, bei welchem angesagten Schönheitschirurgen sie gewesen sind. Wir Alltagsfrauen trauen uns noch mit unseren „echten Gesichtern" auf die Straße, und unter die Augen unserer Männer, wenn man einen hat. Aber eines tun wir sicherlich nicht: Wir tragen nur dann graue Haare, wenn wir uns freiwillig dazu entschließen. Dann aber tragen wir sie in „Grau" mit Stolz und Würde. Ansonsten sind wir ihre dankbaren Kundinnen. Auch ohne Verarsche-Werbung. Wenn Sie, lieber Hersteller, sich doch wenigstens dazu herablassen könnten, eine ganz normale Frau-, eine von uns, auf ihrer Verpackung abzubilden und allabendlich in unsere Wohnzimmer zu senden, dann würden wir Ihnen doch gerne vertrauen. Geht das nicht in ihre währungsverseuchten Köpfe hinein? Einfach nur in der Realität verweilen, dann wäre doch alles in Butter. Aber nein... Frau Fonda ist ja so smart. Mein Vater wird sie lieben. Meine Mutter aber nicht. Es wird der Fitness gestählten Seniorin sicherlich nichts ausmachen, uns, etwas vom Friseur zu erzählen. Geld stinkt schließlich nicht nach Wasserstoffperoxyd, nicht wahr? Und wisst ihr was, ihr lieben Hersteller? Ihr könnt mir jetzt einmal ganz gepflegt den Buckel herunterrutschen. Ich gehe jetzt nämlich eine Etage höher, denn dort gibt es ein Geschäft mit echtem Friseurzubehör. Das ist nicht nur von besserer Qualität, sondern unterm Strich auch noch günstiger. Und weil ich es mir wert bin, leiste ich mir gelegentlich mal wieder einen richtigen Profi Namens Friseur. Der lügt mich nämlich nicht an, weil ich ihm sonst im Internet eine schlechte Bewertung schreiben würde. So sieht das aus. Ich streike. Behaltet euren Plunder und schiebt ihn euch sonst wohin. Ich habe genug von euren Werbelügen. Mir reicht`s. Ab jetzt mache ich es veri vox wie die Geissens. Ich vergleiche. Auch ohne Barcode Scannung, weil ich so ein terroristisches Smartphone, das mein ganzes Leben übernimmt, überhaupt nicht besitzen *will*. Womöglich wird es nicht – wie bei Frau Geiss – für ein paar neue Extensions ausreichen, aber was soll`s. Dafür zwickt mich auch nichts Störendes an meinem Widder-Köpfchen. Ich kann mir das leisten, weil ich, keinen blutjungen Freund haben möchte mit dem ich spielen kann. Ich esse keine rohen Steaks. Ich mag alles gerne Medium. Einen Jungen, der vielleicht auf einem alten Schiff segeln lernen will, den brauche ich genauso wenig wie sündteure, zeitfressende Extensions, die mir am Ende das Kopfkissen verunstalten. Den verrückten Jugendwahn mache ich nicht mit. Aus, Basta, Amen. So, jetzt geht es mir besser. Nun habe ich dem Regal mit den hunderten verschiedenen Haarfarben mal meinen ganzen Ärger erklärt. Nun kann ich in Ruhe zur Kasse gehen. Und weil ich es mir *sowas* von wert bin, lasse ich mir den ganzen Krempel nach Hause liefern. Aus diesem Grunde kaufe ich *hier* auch ein, und nicht in der Nachbarschaft. Halleluja... Fühle ich mich jetzt gut.

An der Lieferkundenkasse werde ich mit einem freundlichen, echten Lächeln begrüßt. Man kennt sich. Viele Jahre schon. Der lächelnde Herr hinter dem Tresen nickt meinem vollen Wagen zu, und fragt mich: „Alles Meier, oder was?" Woraufhin mir sofort einfällt dass ich den Jogurt vergessen habe. Jetzt gehe ich aber nicht mehr zurück. Dann muss ich eben schnell noch bei Edeka reinspringen. Vielleicht habe ich endlich einmal Glück, und treffe dort, den netten, sehr verzweifelten Herren mit der schwarzen Kapuze, falls er sich nicht schon wieder auf einer Umschulung befindet. Es tut mir immer so leid, wenn der junge Mann aus der Gemüseabteilung ihn völlig fertig macht, weil es dort so viele bekömmliche, gesunde Sachen zu essen gibt. Ich würde ihn sogar ein Stückchen mitnehmen und vor dem Laden mit dem großen „M" absetzen. Garantiert findet er dort wieder eine Vollbeschäftigung. Bei der Gelegenheit könnte ich mir gleich ein Dutzend Schokocookies mitnehmen. Diese Dinger sind eine echte Sünde wert.

Von Herrn Meier – das ist der Auslieferungsfahrer – werde ich sogar mit Handschlag begrüßt. Innerhalb einer Minute haben wir einen Termin vereinbart und ich verabschiede mich. Auch mit einem Lächeln. So, wie mich meine Mutter es gelehrt hat. Sie konnte damals ja noch nicht ahnen, was so Werbetechnisch über uns hereinbrechen würde, sonst hätte sie mir vermutlich auch noch ein gekonnt grimmiges Gesicht beigebracht. Ohne Zornesfalte mitten auf der Stirn. Dieses hässliche Ding, dem man nur noch, mit einem Liter Botox zu Leibe rücken kann.

Oben, in der ersten Etage, werde ich fachkundig und professionell beraten. Hier findet Frau alles was sie sich wert ist. Die Haarfarben die hier verkauft werden sind original Friseurware die auch der Profi benutzt. Warum bin ich nicht schon viel früher auf diese Idee gekommen. Die freundliche Verkäuferin notiert sich sogar meine gewählte Farbnummer, sollte ich sie, beim nächsten Einkauf vergessen haben. Leben Sie wohl Frau Fonda. Mir wurde gerade eben geholfen. Ein paar Meter weiter ist ein kleiner Laden mit Naturkosmetik. Hier, läuft man nicht Gefahr dass einem ein blutjunger, halbnackter Hintern entgegengesteckt wird, der von sich behauptet, dass er ausschließlich von dieser sensationellen, weltverändernden, kein zweites Mal gebenden, ultraneuen, extra soften Körperlotion, so butterweich und streichzart geworden sei. Hier bekommt man die Wahrheit für sein Geld. Hier bin ich Mensch, hier kann ich sein. Oh... you, can do. Ich mache es, um zu wissen wie es ist. Ich habe ein echt „Guhles" Gefühl. Heute ist ein super guter Tag. Weil…: Ich habe „L'Oréal Paris" meine Freundschaft gekündigt. Das fühlt sich richtig gut an. Sie, liebe Herstelle und Werbemacher - hätten zur Strafe noch verdient, dass sie sich allesamt, eingesperrt in einen ausbruchsicheren Raum, ohne Klimatisierung, pausenlos, tage- und wochenlang, ihre eigene Werbung für Wimperntusche ansehen müssten, und zum Dessert noch die gestählte, professionell frisierte Frau Fonda. Nur für die Vollendung des Wahnsinns. Spätestens nach drei Tagen wäre der erste von ihnen an Überlügung gestorben. Jede Wette. Huch… Eine neue Krankheit habe ich eben auch noch erfunden. Das läuft doch wie geschmiert.

Hier bin ich nun fertig. Jetzt vita sprinte ich noch schnell zu dem Markt in dem ausschließlich kluge Leute einkaufen, und dann fahre ich endlich zu meinem geliebten Baumarkt, weil es ja gut werden soll. Ersatz Akku, Fitness-Band zum Geburtstag, und Zellbatterien. Das muss ich mir jetzt dauern vorsagen, weil ich in der Freude meiner Erfolge, den Einkaufszettel zu früh weggeschmissen habe. In der Euphorie nimmt der Leichtsinn überhand. Das ist nichts Neues. Sie kennen das auch.

Oh, dieser döschige Verkäufer. Hoffentlich fällt er nicht gleich um weil er aus Versehen eingeschlafen ist. Fehlt nur noch, dass er herzhaft gähnt. Wenn er jetzt nicht hinne macht, mache ich ihm Beine. Schließlich will ich hier nicht übernachten, oder, direkt von hier aus ins Seniorenheim umziehen. Damit er mir endliche seine volle Aufmerkkeit schenkt, zappele ich nervös vor ihm herum. Endlich. Er hat mich mit schläfrigem Blick wahrgenommen. Er sagt nicht einmal guten Tag, der schläfrige junge Mann, der, in dem Markt arbeitet, in dem ausschließlich kluge Leute einkaufen. Als ich ihm mein Begehren mitteile, verliert er gänzlich das Interesse an mir. Meine Wünsche sind ihm zu untechnisch, nicht spektakulär genug. Zu undigitalisiert. Aber ich brauche verdammt nochmal keinen neuen Handyvertrag, sondern nur einen Ersatz Akku, ein Fitness-Armband und Zellbatterien. Aus uns werden keine Freunde. Das kristallisiert sich schnell heraus, aus der Kürze unserer Begegnung. Ich komme mir vor wie ein Bittsteller, nicht wie ein Kunde. Wenn er jetzt nicht aufpasst, bekommt er, einen meiner berühmt berüchtigten Sätze um die Ohren. Langsam habe ich die Faxen dicke. Ich schwöre es: Wenn ich ihm jetzt beim Laufen die Windeln wechseln würde, das kriegte er, gar nicht mit. Junge, Junge. Ein Temperament wie eine Valium. Wir nähern uns dem Ziel. Wir stehen vor den Fitness-Armbändern. Ich bin überwältigt. Woher soll ich denn jetzt wissen was ich will, wo ich doch den Ton der Werbungen immer stumm schalte. Dies und das soll es können, und aus die Maus. Er schwafelt noch irgendetwas von Smartphone-Aufspielung, Download und Co., was er lieber bleiben lassen sollte. Gegen diese allgegenwärtigen Begriffe werde ich leicht gallig. Es kostet mich alle Kraft ihm das Ding nicht einfach aus der Hand zu reißen, und reiße mich stattdessen zusammen. Wenn es nur – dieses Fitness-Armbandwunder - seinen Zweck erfüllt bin ich selig. Mehr will ich nicht. Und wenn es tatsächlich das falsche Armand sein sollte, kann meine Freundin es bitteschön selbst umtauschen. Dass hier ist nichts und für meine älter werdenden Nerven. Ich bin bestenfalls Bauhauskompatibel. Was…? Das sei untypisch für eine Frau? Da sind Sie aber nicht auf dem Laufenden, liebe Leser. Das war einmal. Die Zeiten sind perdue. Im Zeitalter der Einpersonenhaushalte muss Frau sehen wo sie bleibt. Was mich angeht: Ich kann mit einer Bohrmaschine besser umgehen, als mit einem Mixer. Jawohl. Und da bin ich auch mächtig stolz drauf. Nur wenn ich etwas downloaden soll, dem ich nicht so ganz über den Weg traue, dann bekomme ich leichtes Flossenklemmen. In der Zeit, als ich meinen Beruf ergriffen habe, da haben wir noch mit dem Rechenschieber die Statik angefertigt und berechnet. Das sehe man mir bitte nach. Die Welt besteht ja nicht nur aus technikaffinen jungen Menschen. Uns Senioren gibt es auch noch. Uns. Die kaufkraftstarke Generation. Das solltet ihr mal den Werbefuzzis flüstern. Bitteschön. Nur keine falsche Scham. Wir sind aus der Gegenwart herausgepurzelt, ohne dass man uns gefragt hat, ob wir damit einverstanden sind. In der Werbung reduziert man uns auf Blasenschwäche, Scheidentrockenheit, Vergesslichkeit und fortschreitende Senilität. Ausschussware macht man aus uns. Bevorzugt das weibliche Geschlecht. Ich brauche eine Aspirin, Dolormin irgendeine „In", egal was. Mein Schädel brummt von den abgespeicherten Suggestionen. Frische Luft täte es aber auch. Und später noch ein Schokocookie. Mein Seelenpflästerchen.

Auf dem Weg zu meinem Wagen zittert mein einfaches, schlichtes Handy in meiner Jackentasche. Ich kann damit zwar nicht am Weltgeschehen teilnehmen, und zu Hause auch keine Heizung – nach längerer Abwesenheit – damit in Gang setzten, oder sogar die Schubladen in der Küche öffnen, aber telefonieren kann man damit. Dazu hatte ich es damals auch angeschafft. Zum Telefonieren. Mein schlichtes Handy und ich, wir passen gut zusammen. Es – dieses schlichte Handy - hat die ganze Zeit darauf gewartet dass es endlich wieder zu Wort kommen darf. Im Einkaufstempel ist ja kein Netz-Empfang, weil kluge Architekten eine

Strahlenschutzfolie aufs Dach montiert haben.
Preise per Barcode vergleichen ist nur dann möglich, wenn man in der Nähe des Ausgangs- oder
an einem Fenster steht. Fenster im Inneren der
gigantisch großen Verkaufsfläche? Fehlanzeige.
Clever, nicht? Ich bin von diesen Raffinessen stra-
tegischer Planung hellauf begeistert. Wenigstens
bleibt man auf diese Art und Weise, von ganz
wichtig telefonierenden, lauten Wichtigtuern ver-
schont. Das ist die Rasse, die glaubt, wir seien an
ihrem Leben interessiert, weil, sie so wichtig sind.
So viel Glück, diesen „Spackos" zu entgehen, trifft
man nicht überall an. Seniorengerechtes, geruhsa-
mes Einkaufen nenne ich das. Nervenschonend
und entspannend. Selbstverständlich habe ich Verständnis dafür dass man diesen Trick im Bauhaus
nicht anwenden konnte. Hier begegnen mir oft
Mitarbeiter von diversen Firmen, die sich, über
einen Artikel bei ihren Chefs rückversichern, ob
alles richtig ist was sie tun. Die Werbungen von
diesen Märkten sind übrigens allesamt angenehm,
witzig und durchaus inspirierend. Keiner, der dabei die reale Realität verlässt, und übers Ziel hin-
ausschießt. Schnell mal nach meinem Handy sehen, was es so dringendes gibt, dass man mich
beim Einkauf in meinem geliebten und geschätzten Bauhaus stören muss. Ah, ja. Eine meiner lieben drei Freundinnen. Da muss ich schnell range-

hen. Sekunde bitte. Bin gleich wieder bei Ihnen, liebe Leser. Dauert nicht lange. Schulligung.

„Moin Süße, was gibt es? - Was? - Aha. - Oooh kay. - Und wo kommt er her dieser Herzensstürmer? - Hat er dir verraten was er beruflich macht? - Ach was. – Interessant. – Das kann man überprüfen. – Wozu gibt es schließlich Frau Google. Na gut. Ausnahmsweise. Bis später dann. Dauert aber noch. – Ja, ja. Tschüss."

Oh, je. Das muss ich Ihnen kurz erzählen. Eine meiner drei Freundinnen ist Single, genau wie ich. Allerdings lebt sie diese höchstmodernen Lebensumstände nicht freiwillig, sondern kaut noch auf einer vergeigten Beziehung herum, die ihr, noch etwas schwer im Magen liegt. Ihre letzte Kurzzeitbeziehung scheiterte daran, dass sie ständig irgendwelche Erwartungen erfüllte, die sie eigentlich gar nicht erfüllen wollte. Aber was tut Frau nicht alles um zu Gefallen. Ein Fehler der sich niemals auszahlt. Jedenfalls... Danach nahm sie sich vor, endlich ein paar Kilo abzuspecken, die sie sich durch erhöhten Konsum designter Lebensmittel zugezogen hatte. Mein Einwand, dass sie alles essen dürfe, sofern sie es nur selbst zubereitete, der verpuffte bei ihr ungehört. Sie wusste alles besser, und hat sich von Herbalife, Almased, Yokebe und Co. in die Jo Jo-Falle locken lassen. Eines Tages, war ich an einem sonnigen Nachmittag bei ihr, um ein Käffchen zu trinken. Beim Anblick ihrer schönen Küche, die alles konnte außer billig, traf mich fast der Schlag. Auf der Arbeitsfläche sah es aus wie an einer Power-Bar. Dose an Dose aneinandergereiht, stand dort ordentlich nebeneinander. Logisch, dass ich ihre Figur kurz scannte. Das hätten Sie auch getan. Wenn man so eine beeindruckende Kollektion vor Augen geführt bekommt, will man schließlich das Ergebnis kurz in Augenschein nehmen. Ich erkundigte mich sehr diplomatisch nach dem Stand der Dinge auf ihrer Waage. Bei so einem brisanten Thema, sollte man unbedingt darauf achten, dass man nicht mit der Tür ins Haus fällt. Sie könnte einem unvermittelt vor der Nase zugeschlagen werden. Dieses Risiko sollte man vermeiden. Trotzdem: Das hätte ich mal lieber bleiben lassen sollen. Das Wörtchen „Waage" löste einen Sturm der Entrüstung bei ihr aus. Sie überschüttete mich mit Beschwerden über dieses Zeug. Nichts von den versprochenen Werbeaussagen würde eintreffen. Sie könne ihn schon jetzt kaum noch hinunterbringen, diesen zähen Schlankheitsdrink, weil man den Geschmack und die Konsistenz so schnell leid würde. Es stünde ihr hier. Dabei machte sie mit der Hand die entsprechende Geste – Oberkante Unterlippe - um diese Aussage zu untermauern. Zu allem Elend habe sie nicht ab- sondern sogar noch zwei Kilo zugenommen. Das sah man. Ich sage das ungern. Als sie fertig war mit ihrer Litanei, erkundigte ich mich nach der Anwendung, der Häufigkeit, und der Höhe der Dosierung besagter Wundermittel. Diesem ausgebliebenen Erfolg wollte ich unbedingt auf die Schliche kommen. Wenn ein Harry Wijnvoord – wenn auch nur für kurze Zeit – es geschafft hatte sich fast zu halbieren, wieso klappte es bei meiner geschätzten Freundin nicht auch? Sie erklärte mir weinerlich, dass sie treu und brav, zu *jeder* Mahlzeit einen riesigen Shake hinunterwürgen würde. Und da fiel bei mir natürlich der Groschen. Wie bitte? Ich fragte sie, ob sie sich gerade versprochen hätte, oder ob sie tatsächlich „zu" gesagt hätte. Zu…. Sie hatte „zu" gesagt. Das war die Klärung ihres Misserfolges. Vorsichtig, und mit aller mir zur Verfügung stehenden Empathie, machte ich sie darauf aufmerksam, dass sie, die Betriebsanleitung nicht sorgfältig genug gelesen hatte. Dieser Zaubertrank würde sich nur dann über ihre ungeliebten Fettzellen hermachen, wenn sie nicht „*zu*", sondern „*anstatt*" ihrer gewohnten Mahlzeit, eben diese, durch den Shake *ersetzen* würde. Die Betonung läge auf „ersetzen" und „anstatt." Eine halbe Minute zähen Schweigens stellte sich zwischen unsere altbewährte Freundschaft, die schon einiges an Höhen und Tiefen überwunden hat. Als meine Information bei ihr eintraf, riss sie mir die Dose aus der Hand, die ich gerade studiert hatte, und sagte laut: „Was jetzt? Ich soll mich von diesem Zeug eine ganze Zeitlang *komplett* ernähren?" Ich verstand ihr Entsetzen. Alleine schon von diesem Gedanken würgte es mich aus purer Solidarität. „Ja", sagte ich besserwisserisch. „Und wenn du wieder damit aufhörst, erinnert sich dein erschlankter Body an gute alte Zeiten, und galoppiert schnurstracks in genau diese Richtung, aus der er gekommen ist. In Bälde siehst du wieder aus wie Harry Wijnvoord. Und das schöne Geld ist auch futsch." Das Wörtchen „Geld" löst bei meiner Freundin immer absolute Aufmerksamkeit aus. Sie ist schwäbischen Ursprungs, und leidet unter dem Spar-Gen, wie die meisten ihrer Landsleute. Stimmt`s Herr Schäuble? Sie wissen das. Tja… Das kann daraus werden, wenn in der Werbung die Handhabung solcher Hilfskrücken, nicht klar und deutlich herausgestellt wird. Dass zum zeitlich begrenzten Erfolg dieser leckeren Drinks, große Opfer erforderlich sind, sollte man offen sagen. Das ehrliche Metier dieser einträglichen Branche schweigt gekonnt. Hier gilt ausdrücklich: Wer lesen kann hat mehr vom Leben.

Nachher muss ich schnell bei ihr vorbeifahren. Sie hat sich vor ein paar Wochen, von einer selbst erfundenen, durch den Zukauf von „Klicks" hochgepuschten, angeblich „Ersten Platz-Aussage", im

Ranking der um die Gunst buhlenden Singleplatt-formen, für einen dieser zahlreichen Anbieter ent-schieden, und kurvt fleißig auf dem Marktplatz für Hilfesuchende, aus dem Social-Life geschleuderte Prachtexemplare herum. Alles nur vom Feinsten. Und ganz ehrlich, versteht sich. Siebenundvierzig-facher Testsieger. Das hat Zugkraft. Hier sind die Guten. Offensichtlich chattet sie seit geraumer Zeit, leidenschaftlich, mit einem dieser vakanten Exemplare. Angeblich kein Sonderangebot. Eher ein Solitär, meinte sie eben. Ich riet ihr natürlich schon vor langer Zeit zur Vorsicht. Wer von uns sei heutzutage schon wirklich in der Lage, ohne genaue Vergrößerungslupe, einen guten syntheti-schen Stein von einem echten Brilli zu unterschei-den. Sie solle sich doch für jede Lüge, die dort an der Chat-Tagesordnung liegt, einen Euro auszah-len lassen. Dann wäre sie, in finanzieller Hinsicht, schon bald im Stande sich einen kostspieligen Männer-Harem zu halten. Sie hört aber nicht auf mich. Ungern... Aber dafür habe ich sogar ein bisschen Verständnis. Früher, wenn meine liebe Mutter eh immer alles schon vorher- spätestens aber nachher wusste, erwies ich mich stets als kon-sequent lernresistent. Schlagartig verstopfen die Ohren, ohne dass man etwas dafür kann. So soll es doch auch sein. Schließlich muss man seine eige-nen Erfahrungen sammeln. Wie man das einer besorgten Mutter klar macht, dass ist jedem selbst überlassen. Aber die liebgemeinten Ratschläge der besten Freundin...? Also ich weiß nicht. Wofür sind wir denn befreundet, wenn die Eine nicht auf die andere achtgibt, dass sie keinen Schaden erleidet. Was soll ich noch machen? Ich fahre später – wie immer – hin, und begutachte das Ergebnis ihrer Recherchen. Beim vorletzten Mal wusste ich nach einer Minute: „Der isses nicht." Und so war es dann auch. Bingo.

Jesus Maria und Josef. Ich bin eine Sabbeltasche. Ja, ich weiß. Sie haben ja Recht. Nun sollte ich mal hübsch zusehen dass ich meinen Einkauf im Bauhaus erledige. Sonst wird das heute nichts mehr werden mit einem Besuch bei meiner Freundin. Es ist nicht so leicht, hier, mit einer vorgenommenen Geschwindigkeit einzukaufen. Zu verführerisch sind die Eimerchen mit den vielen schönen Farben. Man kann es sich direkt vorstellen wie sie zu Hause aussehen würden, diese Farben. Ich könne alle drei Monate umstreichen, weil ich für Werbung von Baumärkten leicht anfällig bin. In dem Augenblick, in dem ich einen Baumarkt betrete, werde ich der Welt entrissen. Hier könnte ich mich stundenlang aufhalten. Werkzeug hat auf mich dieselbe Wirkung wie ein gut sortierter Schuh- und Handtaschenladen auf die Mehrzahl meiner Artgenossinnen. Die Mieteinnahmen eines Monats würde ich darauf wetten, dass ich als neuer Erdenbürger, ursprünglich anders geplant war.

Während ein exklusives Schmuckstück der holden Weiblichkeit einen Schauer über die Haut treibt, ist es bei mir, das satte Geräusch, eines grummeligen V-8 Chevi-Motors. Irgendwas ist da schief gelaufen. Mudders rauft sich jedes Mal die Haare, wenn ich ihr bei einem meiner Besuche, die Bude auf den Kopf stelle, und überall dran herumschraube und drehe wo ich nicht soll. Was war das damals für ein Theater als ich damals kurzerhand die altmodischen Lampen gegen moderne-, nicht so wuchtige, holzlose Strompar-Modelle ausgetauscht hatte. Meine schönen Lampen, hatte sie gejammert. Am liebsten hätte ich sie für ein paar Stunden sediert, damit sie mir damit nicht auf die Nerven geht. Mittlerweile hat sie sich daran gewöhnt, und sagt keinen Ton mehr, weil die Stromrechnung günstiger ausfällt als zuvor.

„Oh… Hallo Frieda. Du hier? Alleine? Wo ist denn dein Mann John? Schicke Frisur übrigens. Neu?"

Knapp vorm Eingang meiner Sinnesoase treffe ich eine frühere Nachbarin aus dem Ort, in dem ich ein paar Jahre gelebt habe, bevor ich in mein jetziges Domizil gezogen bin. Wenn man geht, verliert man sich unweigerlich aus den Augen. Wenn man nicht wirklich befreundet war, gibt es keine Bande die halten. Die Zeit ist zu schnelllebig und oberflächlich. Es wäre vermessen mich davon auszunehmen. Ich selbst, neige zu längerfristigen Bindungen auch nur, in Bezug auf meine leidenschaftliche Bank. Mit ihr führe ich schon über vierzig Jahren eine weniger leidenschaftliche Beziehung, die, seit der egoistischen Falschberatung zur Anlage meines hart verdienten Geldes, etwas in Mitleidenschaft gezogen ist. Nachtragend bin ich. Ja, so könnte man es nennen. Nachtragend. Entsetzt, wäre die aktuell bessere Verhältnisbezeichnung, weil man sich unwillkürlich fragen muss: Wer von uns beiden versteht mehr von Haushaltsführung? Die Bank oder ich? Kürzlich, nach Bekanntgabe der geringfügigen Verlustsumme von gerade mal bescheidenen, knappen sieben Milliarden Euro, wäre ich fast vom Stuhl gekippt, als im Anschluss an diese Sendung, die altbekannte Werbung dieses stolzen Bankhauses über den Bildschirm flimmerte. Leistung aus Leidenschaft, heißt es darin. Irgendwie stimmt diese Aussage ja auch tatsächlich. Um knappe sieben Milliarden Euro zu versemmeln, gehört schon eine gewisse Leidenschaft. So rein aus der Bankenroutine heraus-, wenn man immer hübsch ehrlich bleibt, lässt sich das nicht bewerkstelligen. Dummheit will ich jetzt nicht unterstellen, aber doch eine gut angelegte Gier die aus dem Ruder gelaufen ist. Mein Vertrauen ist vorerst in den Räumen, die man gemeinhin als Keller bezeichnet. Ich frage mich deshalb: Wie kann man dann so eiskalt und unverfroren-, einfach so tun, als sei nichts gewesen? Wie kann man dann so abgebrüht sein, diese – eigentlich gute – Werbung unberührt einfach weiter auszustrahlen. Und auch noch direkt im Anschluss, nach Bekanntgabe dieses Desasters? Sie buhlen weiterhin um unser Vertrauen? Geht`s noch? Siegt hier die Frechheit, oder ist es so, dass Angriff die beste Verteidigung darstellt? Sieht ganz danach aus. Wenn ich das nächste Mal etwas in die Grütze jage, dann halte ich es genauso. Einfach so tun als sei alles in bester Ordnung. Eine ganz neue Form der althergebrachten, altmodischen Lüge. So lebt man zeitgemäß. So und nicht anders. Das ist schick.

Meine ehemalige Nachbarin erzählt mir, dass ihr Mann schon vor mehr als einem Jahr verstorben sei. Da ist man betroffen, wenn man sich alte Bilder aus dem Gedächtnis abruft, wie er immer tüchtig und fleißig, sein nettes Häuschen versorgt hatte. Das hängt jetzt alles an ihr, erzählt sie. Die einzige Orientierungsmöglichkeit die ihr bliebe, wäre die Werbung, an der sie sich jeden Abend gütlich täte. Danach würde sie ihre Einkäufe – das machte früher alles ihr Mann – besorgen. Sie schreibe sogar mit. Alles hübsch auf einen Einkaufszettel. Und deshalb sei sie auch jetzt hier. Ihr Rücken würde nicht mehr alles mitmachen, wenn sie das kleine Stück Rasen am Haus mähen müsste. Der alte Rasenmäher, den, den ihr Mann immer benutzt habe, der sei zu unhandlich. Am laufenden Band überführe sie das Stromkabel. Benno, an den ich mich sicher auch noch erinnern könnte – ich kann - sei zwar Elektriker, signalisiere aber immer deutlicher, dass er, diese Nothilfe-Einsätze satt hat. Sie habe aus der aktuellen Werbung Kenntnis von einem Mähroboter erhalten, erzählt sie begeistert, der ihr für schlappe 898,- Euro diese harte Arbeit zukünftig abnähme. Außerdem seien die Primeln gerade im Sonderangebot. Sie wolle sich jetzt auch lieber beeilen, bevor sie noch alle ausverkauft seien. Wir verabschieden uns höflich voneinander, und wünschen noch alles Gute, ohne zu wissen ob wir es überhaupt brauchen, dieses „Gute", und was genau damit gemeint ist. Ob es nicht vielleicht besser wäre dass alles so bliebe wie es ist, weil das „Gute" sich unter Umständen, als gar nicht so gut erweisen könnte. Kurz darauf ist sie auch schon in dem großen Maul der Eingangstür verschwunden. Bevor ich ihr hinein folgen kann muss ich schnell noch einen Einkaufswagen vom Unterstellplatz holen. Unterwegs fällt mir auf, dass sie sich, nicht einmal nach *meinem* Wohlbefinden erkundigt hatte. Nur so aus Höflichkeit, nicht unbedingt aus wirklichem Interesse. Ich hatte sie doch schließlich auch gefragt. Und da wird mir schmerzlich bewusst, dass man die Frage „wie geht es dir", eigentlich ganz abschaffen könnte. Wen interessiert es schon, wie es, irgendwem geht. Keine Menschenseele. Schöne, neue Zeit.

So, wie mir Frieda eben ihr Konsumverhalten erklärt hat, so sehen gute Konsumenten aus. Sie wird sich keine Gedanken darüber machen, ob es rein physikalisch überhaupt möglich ist, ein simples Haupthaar, um ein Zwanzigfaches zu verstärken. Sie wird alles für bare Münze nehmen, und mit hohen Erwartungen zu diesem Regal hinstreben, um sich mit einer der neuesten Wunderwaffen zu versorgen. Bei Kunden wie Frieda, hat die Werbemafia leichtes Spiel wenn sie spielt; mit der Illusion-, den Träumen und Sehnsüchten der Menschen. Manchmal erwischt sie uns kalt wenn wir nicht achtgeben. Ich werde den Teufel tun mich hier als Missionarin zu verdingen. Soll doch jeder leben nach seiner Fasson. Was geht es mich an.

Kaum habe ich die angenehm ruhige Verkaufsfläche betreten, da springt mir auch schon die zarteste Versuchung, seit es leistungsstarke Akku-Bohrmaschinen gibt, ins Auge. Gleich vornean. Unter einem riesigen, knallroten Schild. Man muss schon mindestens fünf Dioptrien haben um dieses verlockende Angebot zu übersehen. Denjenigen möchte ich sehen, der hier nicht einen Schwächeanfall bekommt, und im Geiste, schon zu Hause ein Plätzchen schafft für dieses Juwel. Ein solches Schmuckstück kann man immer gebrauchen wenn man an der Verschönerung der eigenen vier Wände interessiert ist. „So, lebt man heute", oder wie war das doch gleich? In Ermangelung an ausreichend Staufläche ist meine Kreativität zwischenzeitlich zur Raffinesse übergegangen. Wenn mich meine antrainierte Widerstandskraft verlässt, und ich einem solchen Schätzchen gegenüber schwach werde, dann mache ich zu Hause einfach ein exklusives, hochwertiges, festes Papier – das kann auch eine sündteure Tapete sein - um die Umverpackung herum, und schon wird aus einer groben Handwerkermaschine, ein geheimnisvolles Etwas, dem keiner ansieht, was sich darin verbirgt. Aber heute darf ich ja zugreifen. Meine Akku-Bohrmaschine ist nicht mehr zu retten. Außerdem: Irgendwann, selbst im biblischen Alter, sollte man endlich einmal lernen das einzukaufen, was man tatsächlich auch braucht. Besser spät als nie. Zu dumm nur, dass ich eben, nach erfolglosem Tauchgang in die Tiefen meiner Handtasche, feststellen muss, dass ich meinen Zettel verloren habe. Ganz sicher habe ich ihn eingepackt. Und nun ist er weg. Vielleicht beim Bezahlen bei „Gosch" rausgefallen, weil der Block Bastard mich so irritiert hat. Keine Ahnung. Hilft alles nix. Gott sei es gedankt, dass ich mir Zahlen besonders gut merken kann. So weiß ich wenigstens noch die Maße für die Dreikantleisten. Hier werden sie gleich zugeschnitten, weil es ja gut werden soll. So. Weißen Acryllack, neue Pinsel, weil ich immer zu faul bin die beschmutzten zu reinigen, Abklebe-Krebband, kleine Nägel ohne Köpfe... Da war doch noch was. Vielleicht fällt es mir auf dem Weg noch ein. Zuerst mal in die Holzabteilung. Und... Oh... Das brauche ich jetzt aber nicht. Was ist denn heute los? Hat sich die ganze Welt gegen mich verschworen? Ein Stückchen weiter den Gang hinunter steht die Ex von meinem Ex mit ihrem Sohn. Sie beraten sich gerade und haben mich nicht gesehen. Gerade noch mal gut gegangen. Ich flüstere meinem Einkaufswagen zu: „Die Route wird neu berechnet", und biege in einen anderen Gang ein, damit ich auch weiterhin, erfolgreich unentdeckt bleibe. Mir kommt jetzt noch die Galle hoch wenn ich an diesen Rosenkrieg zurückdenke. Nur noch schnell um die Ecke peilen, und dann habe ich freie Fahrt in die Holzabteilung. Von weitem sehe ich schon, meinen Freund Harry, den ich bei unserem ersten Kennenlernen erst einmal auf den Potter gesetzt habe. Das ist Jahre her. Damals wollte er mir doch glatt, ein optisch schickes „X", für ein bewährtes „U" vormachen. Und nur weil es beworben wurde, und alles raus musste, was der

Marktleiter von diesem optisch schicken „X" disponiert hatte. Mit Nachdruck hatte ich dem Harry klar gemacht, dass eine billige Imitation dem Original nicht das Wasser reichen könne, und er fing mit mir eine Diskussion an die er nicht gewinnen konnte, weil ich von dem altbewährten „U" einfach alles wusste was es zu wissen gab, weil... und das betone ich gerne gesondert: Es einfach so ist wie ich es sage. Ich baue dieses altbewährte „U" seit Jahren überall dort ein wo es sich anbietet. Es ist mein Lieblings-Fußboden und wird es immer bleiben. Er hat all die Eigenschaften an denen es mir mangelt. Pflegeleicht, robust, abriebsicher, bildschön, fußwarm und bezahlbar. Notfalls hält er sogar an der Decke des Zimmers. Man kann ihn auch als Wandverkleidung zweckentfremden. Und ich weiß, dass Sie jetzt natürlich von mir wissen wollen, wie dieser Wunder-Fußboden heißt. Na, dann will ich mal nicht so sein, und verrate Ihnen mein Geheimrezept für ein gemütliches Zuhause. „Gerflor" ist sein Markenname. Deutlich teurer als die Imitate, aber sparen Sie hier, bitte nicht an der falschen Stelle. Und damals – bevor ich Harry auf den Potter setzte – legt er sich richtig mit mir an. Ich konnte ihm ansehen was er dachte. „Oh Herr... Womit habe ich das verdient, dass Frauen die Baumärkte entdeckt haben. Haben wir denn nirgends mehr unsere Ruhe." Das stand in Leuchtschrift auf seiner genervten Stirn. Beim Abschied habe ich ihm erst ganz am Schluss meine Visitenkarte in die Hand gedrückt, auf der natürlich, meine genaue Berufsbezeichnung zu lesen steht. Seitdem sind wir gute Freunde. Er tut wirklich alles für mich. Und wenn die Kapp-Säge gerade ausgefallen wäre... Harry würde mir die Dreikantleisten auch durchbeißen. Jede Wette.

Durch die große Öffnung am Ende der Halle kann ich ein Stückchen vom Gartencenter sehen. Man wird betrunken von den vielen Farben, die sich dort, dicht aneinander drängen. Wunderschön. Aber nichts für mich. Leider. Es hat sich aus gegärtnert seit dem Umzug in dieses niedliche Hochhaus mit 35 Etagen. Jetzt regiere ich über einen Balkon über Eck an diesem zierlichen Bauwerk. 25 Meter lang und nur 1,20 Meter breit. Eine Herausforderung, will man ihn mediterran möblieren. Es ist mir gelungen. Mein Balkon ist eine Augenweide. Im ersten Jahr – kurz nach dem Einzug – habe ich mich hinlänglich von hübschen Werbeprospekten inspirieren lassen, und etliches dort eingekauft. Für diese Schwäche habe ich Lehrgeld bezahlt, weil ich *nicht* beraten wurde. Ein geschulter Verkäufer hätte mich ganz sicher darauf hingewiesen, dass man bei einem Hochhaus - und dann sogar noch eines das an der Küste steht – ein paar wesentliche Dinge, unbedingt beachten muss.

Nämlich: Den Wind. Und er kam – der Wind. Und wie er kam. Im darauffolgenden Herbst zeigte er seine Muskeln, und fegt mit zwölf Windstärken die siebzig Kilo schweren Blumensäulen aus Metall, einfach einmal alle in eine Ecke, in der sie, teilweise umkippten und Schaden nahmen. Hätte ich dem Gewicht nicht mein Vertrauen geschenkt, und sie sicherheitshalber festgebunden, mit diesem simplen Trick wäre das nicht passiert. Einer meiner optisch höchst attraktiven Gartenstühle, hatte sich, kurzerhand einfach komplett davongemacht. Er lag unten auf dem Flachdach des Vorbaus und sah jämmerlich aus. Dieser Flug war ihm nicht bekommen. Unser Hausmeister musste ihn entsorgen. Das kommt davon wenn man sich vom Charme eines Hochglanzprospektes einwickeln lässt, und den Gang zum Fachmann sparen will. Aus der „verflogenen" Blumenpracht der hohen, schweren Blumensäulen, sind zwischenzeitlich Buchs-Kugeln aus Plastik geworden. Wenn man sie nicht berührt bemerkt man es nicht, ähnlich, wie das bei Silikon-Brüsten der Fall ist. Womit ich auch gleich Ihren gedachten Einwand: „Iiih... künstliche Pflanzen", ausgehebelt hätte. Stimmt`s? Apropos Silikon. Um ein Haar hätte ich dieses Zaubermittelchen vergessen. Dann sind wir – mein Einkaufswagen und ich – auch fertig, und können und wieder trennen.

An der Kasse sitzt eine Dame die offensichtlich schon Bekanntschaft mit Frau Fonda gemacht hat. Ihre Haarfarbe ist undefinierbar. Sie schillert von Orange bis grünlich. Der Besuch beim Fachmann hätte ihr dieses Missgeschick sicherlich erspart. Man kann so dunkle Haare, wie man sie an ihrem Ansatz sehen kann, nicht von Null auf Hundert einfach Platinblond färben. Das Ergebnis, sieht dann so aus wie bei der Kassiererin, wenn man selbst Hand anlegt. Ich muss mich heute zum x-ten Mal zusammenreißen, und nicht hinsehen, um sie nicht zu kränken. Das gehört sich nicht. Ich halte mich daran. Schwer, aber es geht. Nachdem sie meine Beute eingescannt hat, stellt sie die allgegenwärtige Frage nach der Kundenkarte. Ich besitze keine und werde auch in Zukunft darauf verzichten. Egal wo man auch hinkommt; überall wird man nach einer Kunden- Treue oder Payback-Karte ausgefragt. Wollte man überall dort wo man einzukaufen pflegt, eine solche Karte besitzen, brauchte man an Stelle einer Handtasche einen Rucksack. Die Designer sollten sich schon einmal darauf einstellen. Sie – die Kassiererin – blickt mich freundlichen-, strahlenden Auges an, und fragt knapp: „Bar?" Ihre ganze Art macht sie unglaublich sympathisch. Sie hat das gewisse Etwas, finde ich, und das Malheur mit den Haaren hätte sie überhaupt nicht nötig gehabt. Ist es nicht die Art und Weise *wie* wir Menschen sind? Wie wir dabei aussehen, ist doch sekundär, wenn das *„wie wir sind"* auf angenehme Art überspringt. Ich lächle freundlich zurück, und antworte schelmisch: „Bar meen i a." Erst sieht sie mich verdutzt an, und dann lacht sie laut und hemmungslos heraus. Sie hat meinen kleinen Witz verstanden. Die umstehenden Kunden sehen allesamt zu uns her. Ihre Kolleginnen und Kollegen unterbrechen ihre Arbeit, und tun es gleich. Wir beide sehen uns wieder verschwörerisch an, und lachen gemeinsam noch mehr als es sich anschickt. „Hach", prustet sie mit vor Lachen tränenden Augen. „Ist das Leben nicht eines der Besten?" Ich nicke ihr zustimmend zu, und ergänze ihre Worte. „Sie sagen es meine Liebe. Sie sagen es." Wir verabschieden uns wie alte Freundinnen, und wünschen uns gegenseitig Freude am Leben. Dieses kleine Intermezzo hat eine so erquickliche Wirkung auf meine Laune, dass ich, ein Grinsen nicht mehr aus dem Gesicht bekomme. Käme ich mir nicht so albern vor, würde ich, in kleinen Sprüngen zu meinem Auto zurückkehren. Aber die Anderen gucken mich jetzt schon an, als hätte ich eine Kerze auf der Torte zu wenig, weil das Leben ja so tierisch ernst ist, und sich die meisten an diese Fehleinschätzung auch halten. Ich lasse es mir dennoch nicht nehmen, knobi vital meinen Einkaufswagen zurückzubringen, als hätte ich gerade einen Sechser im Lotto gewonnen. Ich bin begeistert darüber, wie leicht es ist, eine Stimmung zu verändern. Und alles nur wegen einem Drittklassigen Witzchen. Herrlich. Einfach nur herrlich. Jede Wette, dass ich irgendwas vergessen habe, was mir zu Hause erst auffällt. Heut ist es mir schnuppe. Das Lachen der Kassiererin hat auf mich eine Wirkung wie ein Aufputschmittel aus einer Blister-Verpackung. Die Namen erspare ich mir an dieser Stelle, sonst wird das Buch zu dick und zu teuer. Nachher falle ich noch aus Ihrer Entscheidungsfindung heraus, und dann kann ich die bestellte Menge der Bücher, nur noch Schreddern. Das muss ja nicht sein.

Wenn man vom Baumarkt aus, zurück in mein kleines Dörp fahren will, muss man – ob man will oder nicht – diese Kreuzung passieren. Ich habe noch nie diese Stelle der Kreuzung überquert, ohne dass die Ampeln auf „Rot" standen. Sie pflegen diesen farblichen Zustand oft, lange auszudehnen, weil diese Straße eine untergeordnete ist. Die Straße auf die man fahren muss ist sechsspurig. Logisch, dass es heute, nicht viel besser ist als sonst. Dumm nur, dass ich heute das erste Fahrzeug bin, welches in der Schlange steht. Von hier aus habe ich einen ungehinderten Blick auf ein großes gelbes „M." Vergesslichkeit ist ab und an ein wahrer Segen. Beim Anblick dieses gelben „Ms" schweben vor meinem inneren Auge aber die weltbesten Schoko-Cookies, und wollen einfach nicht verschwinden. Ich könnte sie malen, so sehr, hat sich dieses Bild zwischen meine Synapsen ein gefräst. Je länger ich hinschaue, umso schlimmer wird es. Nun spüre ich sogar schon den köstliches Geschmack auf der Zunge. Das ist unfair. Sollte ich mich dazu entschließen die Kreuzung zu überqueren statt rechts abzubiegen, verlöre ich gute zehn Minuten, wenn nicht sogar mehr. Himmel noch eins. Das Leben kann hart sein. Die Ampel springt auf grün, und ich trete das Gaspedal durch, um… Na, ja. Sie können es sich sicherlich schon denken. Um schwach zu werden. Was sonst? Es ist ein Jammer mit dem eisernen Willen. Er ist zerbrechlicher als die Jungfrau von Orleans. Was Ausreden anbelangt, mangelt es mir, nicht an Kreativität. Schließlich will ich im Anschluss an meinen Ausflug ja noch bei meiner Freundin vorbeischauen. Wenn wir unseren Kaffee, vor dem kräftezehrenden PC-Bildschirm auf der Suche nach einem geeigneten Exemplar zur Beendigung des öden Singledaseins, zu uns nehmen, ist so ein weltbester Schoko-Cookie als Energiespender zu betrachten, und nicht als sinnlose Nascherei. Darüber kann niemand etwas sagen. Energie, sprich: Zucker, braucht der menschliche Organismus. Wieviel davon… das steht auf einem ganz anderen Blatt. Um etwas präziser zu werden, oder unter Umständen zur allgemeinen Aufklärung beizutragen, muss man etwas ehrlicher sein als ich es gerade bin. Denn: Dieser weltbeste Schoko-Cookie heißt eigentlich: Triple Choc Cookie, und hat schlappe 468 Kalorien. So viel wie ein sehr gutes Frühstück. Wer Böses will, der würde ihn mit: „Dreifacher Schock Kuchen" übersetzen. Wir sind aber nicht böse, und übersetzen mit: „Dreifache himmlische Himmlischkeit." Klingt wie ein Märchen, nicht wahr? Ist es auch. Also her damit. Zehn Stück bitte, so lautet meine Order an den zuvorkommenden jungen Mann hinter der Theke. Dann braucht er wenigstens kein Rückgeld herauszusuchen. Glatte Summe. So glatt wie meine zeitlos schöne Haut, um die sich der olle Olaz nicht mehr zu kümmern braucht, weil ich nicht mehr verstehe was er meint. Neben mir stehen zwei Jugendliche und verfolgen mit den Augen meinen Einkauf. Ich wundere mich darüber, wie der eine von ihnen es schafft, seine Hose nicht zu verlieren. Sie hängt ihm exakt zwischen den Kniekehlen. Ist das Mode oder was? Wie sieht das aus? Ist das schick oder was? Nee. Für meinen Geschmack macht dieses Outfit eine Figur wie ein vollgesch… Damenstrumpf. Gruselig. Ich glaube ich werde alt. Meine Geschmacksnerven kommen einfach nicht mehr mit. Diese Unverständlichkeit darüber, dass man sich absichtlich verunstaltet, obwohl es so hübsche Mode für junge Menschen gibt, sind genau die Augenblicke in denen ich ganz froh darüber bin, dass ich mich, nicht vermehrt habe. Eine Ausgabe von meiner Sorte reicht ja auch. Man soll Nichts übertreiben. Einer der beiden Jungen redet pausenlos. Ich höre wie er sagt: „Eye. Manschmal kommen die bei mir zu Hause. Eye..." Diese Töne kommen aus dem Strich in seinem schmallippigen Gesicht. Gänzlich unbewegt ist dieses Silo aus dem diese Sätze herauskullern. Wenn der Genitiv mit dem Dativ um die Wette rennt, kann man nicht wissen, wer als Sieger zuerst an die frische Luft gelangt. Autsch... Das ist nichts für mein zartes Gehör. Es könnten Narben bleiben. Um die Lautstärke zu minimieren mache ich einen kleinen Seitwärtsstepp. Auf der Suche nach meinem Portemonnaie, in den geheimnisvollen Tiefen meiner Tasche, finde ich doch tatsächlich meinen Baumarkt-Einkaufszettel. Ohne nachzusehen was draufsteht, weil ich mich sonst ärgern könnte und meine gute Laune von eben wieder futsch wäre, zerknülle ich ihn und lasse ihn auf dem Tresen einfach liegen. Warum sollte man sich den Tag unnötig versauen wenn man sowieso nicht mehr zurückfahren möchte. Dieser kleine Umweg hat ohnehin schon mehr Zeit beansprucht als geplant. Aber: Weil wir es uns wert sind, wollen wir hier nicht herumjammern.

Als ich eine halbe Stunde später bei meiner Freundin vor ihrer Haustür vorfahre, bemerke ich sofort, dass diese, einen Spalt breit offen steht. Vielleicht ist sie an der Mülltonne, oder kurz zu einer Nachbarin? Keine Ahnung. Gesund ist das nicht. Ohne zu klingeln trete ich ein, und entdecke sie völlig entspannt vor ihrem Computer sitzend. Die Frage, warum die Haustüre offen steht, beantwortet sie mit dem einzig einleuchtenden Argument, dass ich eben dann nicht zu klingeln brauchte. Leichtsinn werfe ich ihr vor, und bekomme zu hören, dass hier auf dem pladden Land doch eh nichts passieren könnte. Zwecklos. Sie kriegt es nicht in ihren Kopf dass die Zeiten sich geändert haben. Bleibt nur die Hoffnung, dass sie einen tüchtigen Schutzengel hat. Madam ist so gefesselt von ihrer Tätigkeit der unermüdlichen Suche nach Befriedigung menschlicher Art, dass sie nicht einmal aufsteht um mich kurz in den Arm zu nehmen, geschweige denn sich in Bewegung zu setzen, um zwei Kaffee aus ihrer sündteuren Kaffeemaschine rauszulassen. Beleidigt ziehe ich ab und nehme das selbst in die Hand. Mit zwei großen Bechern dieser köstlichen Flüssigkeit, und zwei noch köstlicheren Cookies, kehre ich zurück zu ihrem Schreibtisch. Ich ziehe mir einen Stuhl neben sie. Der Cookie hat es geschafft ihre Aufmerksamkeit auf sich zu ziehen. Ich nicht. „Mhm…" schnurrt sie wie eine zufriedene Katze und grapscht sich einen davon. Perfekte Ergänzung zur gescheiterten Diät, meint sie lapidar, und atmet die Sünde einfach ein. Die Frage ob sie noch einen davon haben möchte unterlasse ich lieber. Nachher heißt es sonst wieder: „Du bist schuld. Du hast ihn ja angeschleppt."

„Na, dann zeig mal her deinen Erlkönig."

„Der da. Und? Sieht er gut aus, oder sieht er gut aus? Sahneschnitte, oder?" Meine Alterskurzsichtigkeit zwingt meine Ramsnase etwas näher an den Bildschirm heran. Sie schaltet das Bild auf groß damit ich besser sehen kann. Zweifelsohne ein gutaussehender Mann. Da gibt es keine zwei Meinungen. Kurvte jetzt der „Große Zimbardo" nicht in meinem Oberstübchen wild umher, würde ich sagen: „Kostenpflichtige Bestellung absenden." Downloaden kann man ihn ja schlecht. Mit knapp Eins Neunzig passt er ja nicht durch die schmale Öffnung des Bildschirms. „Aber..."

„Ach du mit deinem ständigen aber, aber, aber. Was soll denn schon passieren? Wenn es nicht passt, zeige ich ihm die Stelle, an der er das Haus betreten hat. Basta." Jetzt geht das wieder los. Sie ist schon wieder ein paar Schritte weiter als ich. Man kommt kaum noch hinterher. „Lass mich doch bitte erst einmal sein Profil lesen, wenn`s recht ist, ja. Sei nicht so zickig. Ich meine es doch nur gut mit dir, du dumme alte Schachtel." Was sie antwortet kann man nicht als Wort bezeichnen. Es gleicht eher einem animalischen Knurren, dem man, die Zustimmung andichten müsste. Sie ruft den Text auf und vergrößert ihn altersgerecht, damit die andere alte Schachtel – also ich – besser lesen kann. Über den Rand meines Kaffeebechers hinweg, studiere ich seine wahrheitsgemäßen Angaben, ganz genau. Trotzdem schweift mein Blick immer wieder zu dem Foto ab, und ich kann mich mit seinem Mund nicht anfreunden. Arni nennt er sich – ein bisschen sieht er auch so aus – und gibt an 49 Jahre alt zu sein. Das könnte stimmen. Meine Freundin ist knapp Mitte fünfzig, das ginge noch. Gerade so, damit es nicht in Stress ausartet. Na gut. Weiter im Takt. Beim Beziehungsstatus gibt er vor gerade frisch getrennt zu sein. Klar. Ein Mann ohne Beziehung ist wie ein Auto ohne Bremse. Deshalb nix wie rein in die Partnerbörse. Nur keine Zeit verlieren in der man unnötiger Weise zur Besinnung kommen könnte. Am Ende könnte man bei so viel Nachdenkerei, noch dahinter kommen, an was das Ganze – vorhergehende - gescheitert ist. Wen interessiert das? Mann nicht. Er behauptet in einem Haus zu wohnen, verschweigt aber, ob es ihm gehört oder ob er zur Miete wohnt. Meine Freundin und er haben aber schon telefoniert zusammen, und sie wird mich gleich aufklären. Zuerst möchte ich aber zu Ende lesen. Angeblich ist er in einer festen Anstellung. Sogar in einer Team-Leiter-Position. „Mehr als Drei sind eine Gruppe", schießt es mir durch den Kopf. Darunter kann man sich alles Mögliche vorstellen. Diese Angaben sind relativ und nicht aussagekräftig genug. Kinder habe er keine. Oh, lala. Ein Mann ohne Altlasten? Wo gibt es denn sowas? Beim Branchenbesten? Dem, der sich mit gekauften „Klicks" auf den vorderen Rang gemogelt hat? Siebenundvierzigfacher Testsieger? So, so. Na dann. Das Internet ist geduldig und hat das Papier abgelöst. Aber jetzt kommt der Knüller schlechthin. Seine Hobbys sind kochen, gemütliche Fernsehabende, gemeinsame Spaziergänge an der frischen Luft, und ausgiebige Shopping-Touren. Oh... Gott. Leih mir eine Schüssel, damit ich den Schleim unterm Schreibtisch aufsammeln kann. Hier weiß jemand ganz genau was Frau gerne lesen will. Mein Vertrauen in dieses besondere Sondermodel verschwindet gerade im Eisfach. Diese Sonderedition ist bestenfalls auf dem Markt für schwule Männer erhältlich. Wohl kaum auf dem Markt, auf dem sich meine liebe Freundin, seit Tagen wieder herumtreibt. Diese Aufgabe der Bewertung, die mir hier schon wieder zugemutet wird, ist ein undankbares Unterfangen, weil ich mit meiner Kritik einfach keine Treffer landen kann, und als Spielverderber bezeichnet werde. Wenn es denn ein Spiel wäre... Bitteschön.

Von mir aus. Aber sie sucht einen Mann fürs Leben. Da hört der Spaß auf. Risiken und Nebenwirkungen sollte man klein halten, sofern, der gesunde Menschenverstand noch intakt ist. Nicht gleich immer alles glauben was geschrieben steht. Ich lehne mich nach eingehender Studie zurück und sehe meine Freundin von der Seite schäl an. „Sag besser nix", sagt sie, als sie mein Gesicht sieht. „Du sagst das, als würde ich dir dieses Vergnügen missgönnen", entgegne ich. „Wir sind über dreißig Jahre lang glücklich befreundet. Du müsstest mich doch langsam kennen. Habe ich es jemals *nicht* gut mit dir gemeint? Und erinnere dich an das letzte Mal. Du schwebtest auf Wolke acht, und warst vollkommen überzeugt das Richtige zu tun. Als ich zu euch beiden gesagt hatte, dass ihr, überhaupt nicht zueinander passt, habt ihr mich fast rausgeschmissen. Du erinnerst dich?" Sie nickt zustimmend, weil sie wirklichen Schiffbruch hinter sich hat. „Außerdem", rede ich weiter. „Glaubst du allen Ernstes, ich quäle mich monatelang durch einen übergroßen, für einen Laien schwer verständlichen Schinken mit 796 Seiten, um am Ende daraus nichts mitzunehmen? Da wüsste ich was Besseres. Sei versichert." Ich kann ihr ansehen, wie sie im Geiste gerade 796 Seiten durchblättert, und spüre dass sie ihre Sturheit ein wenig über Bord wirft. „Und was gefällt dir schon wieder nicht an meiner Wahl? Du findest schon ein Urteil, und ich habe ihn dir, noch nicht einmal vorgestellt. Konny hast du wenigsten live und in Farbe zu Gesicht bekommen." Wie sie das sagt... Mit welcher vorwurfsvollen Betonung. Sie sollten das einmal selbst hören können. Ätzend. Echt. „Ja schon. Selbstverständlich hast du Recht. Aber du hast mich doch hier zu einem Sondierungsgespräch gebeten, gerade *weil* ich mich als Prognose-Dienstleisterin immer ganz gut bewährt habe, oder etwa nicht? Du wolltest meine Meinung hören, und ich werde sie dir nicht vorenthalten." Madam steht auf und füllt unsere geleerten Tassen nach. Von der offenen Küche her mault sie noch ein bisschen rum. Verstehen kann ich aber nichts, weil sie nuschelt. Wenn es mir jetzt gelingt sie zum Lachen zu bringen entspannt sich die Lage. Das weiß man nach so vielen Jahren unkaputtbarer Freundschaft. Mir fällt aber gerade nichts ein, außer dass ich mich – warum auch immer – an die Nachrichten von gestern Abend erinnere. „Wieviel Tampon-Steuer ist eigentlich drauf, auf deinem seltsamen Hobby hier?" Ich zeige auf den geöffneten Bildschirm. „Wie bitte", hakt sie sofort nach, weil sie denkt, dass sie sich verhört hat. „Na... Was kostet es eigentlich, wenn man sich auf so einer Plattform registrieren lässt? Ist das sehr teuer?" In ihrem Groll gegen meine Vorbehalte, dauert es etwas län-

ger, bis das absurde Wort „Tampon-Steuer" endlich bei ihr angekommen ist. Und dann habe ich sie
soweit, dass sie, endlich herzhaft lacht. Auf der
Stelle entspannt sich unser Meeting und ich traue
mich endlich zu sagen was ich denke. Wieder rate
ich zur Vorsicht. Und nachdem sie weiß wo er arbeitet, kann sie sich, mit einem anonymen Anruf
rückversichern. Sie kann – mit etwas Glück – seine
Adresse bei Klicktel herausfinden, und da er nicht
so weit weg wohnt, könnte sie sogar einmal an
seinem Haus vorbeifahren und nachsehen wie es
so ist. Sie kann ihm immer wieder gezielte Fragen
stellen, wenn sie weiß, worauf man dabei achten
muss. Nämlich: Wenn sie sich die Antworten, in
Kurzform notiert, und diese Fragen ab und an
immer wieder stellt, und dabei so tut als habe sie
es vergessen, wird sie schnell sehen ob er sich in
Widersprüche verstrickt. Ein bisschen clever muss
man schon vorgehen, sonst wird es nicht gelingen,
über alles die Wahrheit zu erfahren. Und sie kann
sich selbstverständlich auch mit ihm treffen. Aber
nicht hier im Haus. Zuerst auf neutralem Boden,
und dort, wo ganz viele Menschen sind. Mehr will
ich doch nicht. Dann bin ich schon zufrieden,
wenn ich mir nicht wieder Sorgen zu machen
brauche, weil ich ganz einfach Angst um sie habe.
Um es nicht zu vergessen, zeige ich ihr ein Merk-
mal an seinem Gesicht, was ihn für mich, weniger

als unattraktiv macht. Sie ist ganz Ohr und hört endlich andächtig zu. Zwar komme ich mir ein wenig albern vor, aber ich demonstriere ihr die verschiedenen Arten des Lächelns. Dabei lasse ich sie selbst erraten wie dieses Lächeln zu deuten ist. Ein zärtliches Lächeln, ein albernes- ein süffisantes, ein überraschtes, ein erleichtertes, ein entspanntes, ein tröstendes, ein bösartiges, ein schadenfrohes, eines, dass nur eine Andeutung darstellen soll, also ein geheimnisvolles, und ein spöttisches Lächeln. Drei davon errät sie. Bei den restlichen liegt sie falsch. Ich erkläre ihr dass sie, nicht vergessen darf, die Augen des jeweils Lächelnden mit in ihre Beurteilung einzubeziehen. Es gäbe einige Arten des Lächelns, die die Augen nicht erreichten. Und das sähe dann so – ich deute auf den Bildschirm – aus. „Und wie in Dreiteufelsnamen deutest du jetzt *sein* Lächeln", will sie wissen. Dabei deutet sie mit dem Kopf in Richtung Bildschirm, als würde es sich um etwas handeln, dass man dringend entsorgen müsste. Und dass ich es nicht so spannend machen soll, mault sie noch hinterher. „Also gut", kapituliere ich freiwillig. „Sie mal her. So schwer ist es nicht wie du denkst. Mach mal das Bild bitte größer, dann zeige ich es dir." Sie zoomt das Bild etwas hoch, und der auserwählte Arni *fixiert* uns in Großformat an. Mit der Größe bin ich zufrieden. So kann ich arbeiten. „Schöner Mann. Zweifelsfrei.

Keine Mängel." Das habe ich jetzt nur gesagt um die Wogen etwas zu glätten. Mein Fall wäre er nicht. Kein Fall ist mehr mein Fall. Mein Griff ins Klo war dafür zu nachhaltig, und bleibt unvergessen. „Was siehst du? Denke an die Augen bitte."

„Ein schelmisches Lächeln?"

„Gar nicht schlecht. Das habe ich eben bei meiner Aufzählung glatt vergessen. Ein schelmisches Lächeln. Sehr gut. So... Ich verdecke mit meiner Hand die obere Gesichtshälfte des Auserwählten. - „Und was siehst du jetzt?"

„Blöde Frage. Was soll ich sehen? Nur einen Mund der lächelt. Mehr nicht."

„Fällt dir an diesem Mund jetzt etwas auf?"

„Nöö... Oder warte. Doch. Seine Mundwinkel kommen mir jetzt etwas nach unten gebogen vor. Das ist mir vorher gar nicht aufgefallen. Ja. Sie sind ein winziges bisschen nach unten geneigt. Du hast ja..."

„Stopp, stopp, stopp. Ich bin noch nicht fertig. Warte. Ich muss dir noch etwas zeigen." Jetzt nehme ich meine Hand wieder von seinen Augen weg, und halte sie dafür auf seinen Mund. In dem Augenblick, in dem ich den Mund abgedeckt habe, vernehme ich neben mir ein überraschtes: „Boah." Sie hat es kapiert. Gott sei Dank.

„Siehst du", referiere ich siegesbewusst. „Tataaa ta taaa. Und schon ist es verschwunden, das lachende Äuglein. Da staunst du, was?" Sie ist sichtlich geschockt. Das sieht man ihr wirklich an. Ich bin heilfroh darüber, dass ich mich habe breitschlagen lassen, hierher zu kommen. Ich liebe meine Freundin, und will nicht, dass ihr ein unnötiges Leid geschieht. Mit der Geduld eines Grubenponys erkläre ich ihr noch, dass wenn sie, diese Sichtweise intus hätte, die Einschätzung eines Menschen, eine völlig andere sein wird. Das lernt man nicht auf Anhieb. Natürlich braucht es ein wenig Übung, wie bei allem was einen voranbringt, oder voranbringen kann. Aber diese Geduld und Anwendungsweise, zahlt sich zur Ausbildung der Menschenkenntnis, am Ende immer aus. „Siehst du: Er fixiert eine imaginäre Kamera die dieses Bild hier aufgenommen hat, so, als personifizierte er sie in diesem Moment. Er hat regelrecht vergessen dass es sich nur um eine Kamera handelt, und deshalb ist sein Gesichtsausdruck auch nicht gezwungen und echt. Er vergisst sich zu verstellen. Andrerseits, gibt er – da er ja *kein* professioneller Schauspieler ist, damit auch sehr viel von sich preis, was er eigentlich überhaupt nicht beabsichtigte. Augen und Mund - getrennt voneinander betrachtet, verraten uns was er gerade denkt. Pah… denkt er. Ihr dort. Ich bin doch sowieso der Schönste und Beste hier auf der Festplatte. Ich will nur ein bisschen Spaß haben, und kein Weib, für das ich am Ende noch aufkommen muss. Sein Lächeln ist zweifelsfrei spöttisch." Neben mir ist es so still geworden, und ich, sehe meiner Freundin geradewegs in die Augen. Was ich sehe, beunruhigt mich eher, als dass es mich erleichtert. Sie lächelt. Ein Lächeln, welches ich in meiner Aufzählung auch nicht aufgeführt hatte. Es gibt so viele Varianten, die kann man nicht alle aufzählen. Ihr Lächeln, das, das sie mir gerade zeigt, ohne zu wissen dass sie es tut, ist eine Mischung aus Heimtücke und Hinterhältigkeit. Ich will lieber nicht wissen was sie jetzt denkt. Hauptsache sie macht keine Dummheiten die sie später bereuen könnte. Draußen laufen so viele beschädigte Frauenseelen herum, es muss nicht schon wieder eine weitere dazukommen. Ich hoffe, dass ich das stabile Brett, welches sie in Bezug auf die Männerwelt, eisern, vor ihrem Kopf herumgetragen hat, endlich demontieren konnte. Das ergäbe eine Sorge weniger. Selbstverständlich will ich ihr nicht unterstellen, dass sie, nicht einen einzigen lichten Moment gehabt hätte, sonst hätte sie die letzte Ausgabe ihrer Errungenschaften nicht so konsequent entsorgt. Vor ein paar Wochen hat sie wirklich bewiesen wie taff sie sein kann. Bloß am Anfang – warum auch immer - vernebelt ihr irgendetwas den Durchblick. Es legt sich wieder, keine Frage. Aber es ist jedes Mal eine reinste Zitterpartie.

Wir amüsieren uns noch ein wenig mit dieser Partnerbörse erster Klasse, und lassen kleine Lästereien von der Leine. Solange man niemandem damit schadet, weil er es ohnehin nicht hören kann, darf man das. Nebenbei erkundige ich mich, was sie denn mit ihrem beachtlichen Vorrat an Diät-Shakes gemacht hat, weil in ihrer Küche – die alles kann außer billig – alle Dosen verschwunden sind. Sie erzählt mir dass sie sie bei ebay verkauft hat. Unglaublich, was man heutzutage alles an den Mann bringen kann. Dumm und altmodisch wie ich nun einmal bin, hätte ich sie weggeworfen, und den Verlust hingenommen. Meine Freundin, nur fünfeinhalb Jahre jünger als ich, die macht alles zu Geld was nicht bei Drei auf dem Baum ist. Meine Allerliebste lädt mich noch ein, bis zum Abendessen zu bleiben, aber für heute reicht es. Seit neun Uhr bin ich schon unterwegs, und jetzt ruft meine Couch. Noch schnell um die Ecke, damit ich mich nicht unterwegs in die Büsche schlagen muss, und dann ab durch die Mitte. Wie immer fällt mein Blick auf ihre wunderschöne, offene Holztreppe, die in die obere Etage führt, und ich werde es in diesem Leben nicht mehr begreifen, warum sich diese Frau - am Hungertuch nagt sie nicht – keine vernünftigen Schuhschränke anschafft. Tamaris hat das Regime über die gesamte Treppe übernommen, ohne, auch nur eine einzige Stufe dabei auszulassen. Ausnahmslos. Bis oben hin, stehen auf jeder Stufe, zwei Paare nebeneinander. Die Erklärung, das sei so schön übersichtlich und praktisch, die muss genügen. Eine Erklärung, für die Bestückung der Gäste-Toilette, die wollte ich erst gar nicht wissen. Roßmann und DM würden vor Neid erblassen. Sollten einmal Engpässe auftreten, würde ich ihnen großzügiger Weise die Telefonnummer meiner Freundin überlassen. Sie kauft alles immer wieder neu, weil sie beim Einkauf vergessen hat, dass sie es längst schon besitzt. Das ist der Nachteil an einem großen Haus. Dieses Horten kann mir in meiner kleinen Wohnung nicht mehr passieren. In einer kleinen Wohnung lernt man die Demut des behutsamen Einkaufens. Ohne Bedacht und Konzentration, sowie eine ausgereifte Logistik, ist man schneller Müllionär als einem lieb ist. Die Sache mit dem Anbau habe ich mir längst abgeschminkt.

Als ich ins Wohnzimmer zurückkomme, sitzt meine Freundin wieder vor der Kiste, und lässt ihre geschickten Finger über die Tastatur flitzen. Sie hat es sehr eilig. Im Mundwinkel schwebt eine Zigarette die ihr den Qualm in die Augen treibt. Sie nimmt sich nicht einmal Zeit sie herauszunehmen. Ihre Nachricht scheint zu brennen. Sie muss raus. Jetzt. Auf der Stelle. Geduldig warte ich stehend hinter ihr. Lesen kann ich die Nachricht aus dieser

Entfernung natürlich nicht, aber sie führt etwas im Schilde, das sieht man ihr an. Sie lächelt. Diesmal diabolisch. Da kommt was auf uns zu. Ich sage es Ihnen lieber gleich. Ich kenne meine Schweine am Gang. Als sie damit fertig ist, klickt sie auf die Startseite der Plattform. Sofort, kommt eine der fettesten Werbelügen, die zurzeit im Internet kursieren. Hier steht Tatsache: „Alle elf Minuten verliebt sich ein Single über diesen Anbieter. Nutze diese Schei… ähm Chance. Bist du bereit?" Wow… Woher wissen die das? Ist es nicht vielleicht ein bisschen vermessen so eine Behauptung auszustellen? Oder ist die Menschheit wirklich nicht mehr zu retten. Der kann was, der selbsternannte Testsieger. Donnerlüttchen. 65% der Menschen suchen etwas, behauptet ein Brotaufstrich. Das sehe ich ein. Und wenn es nur ein verdatteler Einkaufszettel ist… Ich bin dabei.

An der Haustür werde ich, mit der Umarmung verabschiedet, die ich anfänglich so vermisste. Sie hängt noch das Versprechen an mich auf dem Laufenden zu halten. Das will ich aber auch meinen. Meine psychologische Gratisberatung muss sich doch wenigstens ein bisschen auszahlen. Ich bin ja nicht die Wohlfahrt. Wo kämen wir dahin, wenn plötzlich, auch noch eine Nachrichtensperre verhängt würde. Zufrieden schwinge ich mich in meinen hochbeinigen Freund, und winke.

Falls Sie sich jetzt fragen, liebe Leser, woher ich meine Klugscheißereien habe, kläre ich Sie gerne kurz auf. Aber nur kurz, denn darum geht es in diesem Büchlein schließlich nicht.

Wenn man, wegen eines Partners einmal so im Karacho die Lebensleiter hinuntergesaust ist, kracht man unweigerlich unten, hart auf. So richtig hart, nicht nur ein wenig. Danach dauert es eine Zeitlang bis man diesen Absturz überhaupt richtig realisiert. Man denkt zuerst: Ach das legt sich wieder, weil der Schock den Schmerz nicht durchdringen lässt. Aber nach und nach stellt sich Begreifen ein. Und mit dem Begreifen der Schmerz. Und wenn es dann so richtig schön weh tut, dann zeigt Murphys Law was er alles drauf hat. In dieser Situation ist man außer Stande Bilanz zu ziehen, weil man, händeringend damit beschäftigt ist an der Oberfläche zu bleiben. Fehlt die Kraft, geht man unter. Selbst mit genügend Kraft ausgerüstet, schrammt man, an einer handfesten Depression vorbei, und ist geneigt dazu alles hinzuschmeißen und sich tot zu stellen. Das bringt aber nichts, weil uns unser Selbsterhaltungstrieb immer wieder daran erinnert, dass wir doch am Leben hängen. Natürlich gibt es auch Verluste, und ein Teil der Menschen die ihn erleben mussten, bleibt für immer unten, wo auch immer unten dann gerade ist. Hilfe von außen ist etwas, auf was man lieber nicht hoffen sollte. Hilfe von außen hat nur der, der wirklich großes Glück hat, und liebende Menschen um sich herum vorfindet. Liebe, ja. Liebe versetzt ganze Berge, eher noch als Glaube. Nicht was Sie jetzt meinen. Nicht die fakultative Liebe, bei der es um den banalen Austausch von Körperflüssigkeiten geht, nein. Die Liebe als solches, die wahre kraftvolle Liebe, die, die Opfer verlangt. Empathie und Verständnis für alles was man verstehen lernen muss, wenn man sich zu den Empfindsamen zählen will. Dieses Glück hatte ich nicht. Im Gegenteil. In meinem Umfeld – mit wenigen Ausnahmen – rieb man sich die neidverschmierten Hände und sagte mir den Untergang voraus. Man gönnte ihn mir, weil ich es durch unermüdlichen Fleiß, zu etwas gebracht habe. Es kommt nicht gut an wenn man mehr besitzt als der Nachbar. Wie man dorthin gelangt ist, mit welchen Entbehrungen, das ist nicht von Belang. Wozu auf die wundervollen Neidgedanken verzichten, wo sie doch so herrlich den Hass schüren, die Vorurteile nähren, und die Intoleranz wässern. Damit habe ich Bekanntschaft machen dürfen, was letztlich dazu geführt hat, über mich hinauszuwachsen. Im Grunde müsste ich diesen neidischen Kreaturen sogar dankbar sein, die sich, um dem Vorfall noch die Krone aufzusetzen, sogar mit meinem Ex-Partner solidarisierten. Ein gefährlicher Mann war das, was man auf den ersten Blick, gar nicht gleich feststellen konnte. Was ihn so gefährlich machte war seine Krankheit, an der er, am Ende sogar verstorben ist. Schizophrene Soziopathie ist so was Ähnliches wie Tollwut bei Tieren. Machen Sie einen großen Bogen um solche Menschen wenn sie die Anzeichen erkennen. Ihnen kann man nicht mehr helfen. Sie sind verloren. Irgendwann, durch ein Gespräch mit einer klugen Frau die mich Glauben gelehrt hat, habe ich mir die Frage gestellt: „Warum ich? Was habe ich falsch gemacht? Wo liegt der Hase im Pfeffer? Sie werden von niemandem eine plausible Antwort bekommen, weil sich schlichtweg keine Laus für Ihr Problem interessiert. Heute ist sich jeder selbst der Nächste. Wollen Sie eine Antwort haben, dann müssen Sie sich die erarbeiten. Genau das habe ich getan. Ich habe mich auf die Designersöckchen gemacht, und mir alles an Literatur beschafft, was ich zu fassen bekam. Psychologie ist ein weites Feld, auf dem man schnell ins Schwimmen gerät. Bis ich erst einmal begriffen hatte, dass Psychologie und Psychiatrie, zwei vollkommen verschiedene Paar Schuhe sind, hatte ich schon einen Teil von Sigmund Freud verschlungen, und war kurz davor selbst durchzudrehen. Ganze Seitenblöcke habe ich nur: Bahnhof, Abfahrt und Koffer klauen verstanden. Ich wollte doch aber mich selbst, überhaupt und unbedingt, einmal wirklich richtig kennenlernen. Der gute Herr Freud hat meine Lage nicht grade verbessert. Er warf nur noch mehr Zweifel auf und trug zu einiger Verwirrung bei. Spätestens nach dieser Tortur wusste ich, *dass* es zwei Paar Schuhe gibt, und dass ich mit Büchern über die Psychiatrie, vollkommen auf dem falschen Dampfer segelte. Durch puren Zufall geriet ich später an eine Bücherreihe, die mir eine wirkliche Chance einräumte, mich selbst kennenzulernen, weil man auch als Laie verstehen konnte, was der Autor geschrieben hatte, was er meinte. Was ich eben bei meiner Freundin praktiziert habe, ist nichts weiter, als ein angenehmes Abfallprodukt aus diesen Studien die Spaß in der Anwendung bringen. Nützlich sind sie allemal, wenn, man es nicht übertreibt. Wie bei allem was Spaß macht. Einkaufen zum Beispiel. Seit damals; nachdem ich diese krasse Krise überwinden musste, und zunächst nicht begriff, dass ich eine *Chance* bekommen hatte, mich selbst kennenlernen zu dürfen, habe ich mir eine ganz andere-, eine neue Sichtweise, in Bezug auf all die Dinge die uns tagtäglich um die Ohren fliegen dass uns hören und sehen vergeht, angeeignet. Seit damals gehe ich mit einem völlig anderen Gefühl durch die glamourösen Main Street Idyllen dieser schönen, lebendigen Welt. Keine Ahnung wie es Ihnen dabei geht, liebe Leser, aber was mich betrifft, ich will gerne dazu beitragen, dass aus dieser schönen, lebendigen Welt, nicht eines Tages eine voll digitalisierte Welt wird. Ich schätze die Gegenwart, gestern ist vorbei, und Morgen noch nicht da. Mittlerweile bin ich Happy Magenta, und habe zu Gott immer ein Netz. Unsere Welt ist voller Möglichkeiten, lassen wir sie nicht links liegen. Wer soll bei all diesem Wahnsinn gewinnen? Wahrscheinlich niemand. Heute, mit der Reife die ich schmerzhaft erlernt habe, überlasse ich gerne all die klangvollen Markennamen und kostbaren Labels denen, die an der Oberfläche schwimmen, weil ich nun – heute - weiß, *was* ich wirklich brauche und was nicht. Und eines brauche ich ganz sicher nicht: Dass ich ständig von einer Werbemafia hinters Licht geführt werde, die mir, schamlos ins Gesicht lügt. Lügen die so unnötig sind wie ein Betonklotz am Bein, weil sie sich in der Anwendung-, im Ergebnis, in der Realität nicht nachvollziehen lassen. Wer, der noch über mehr als drei funktionstüchtige Gehirnzellen verfügt, fragt sich das nicht? Wenn man heute Kind ist, und bemerken *muss* dass hier Gaukler am Werk sind, hält da nicht unweigerlich die Lüge, als Selbstverständlichkeit Einzug in ein junges Leben? Jetzt wird es aber ernst, werden Sie vielleicht denken. Lieber mal das Buch zumachen. Tun Sie es bitte nicht. Sie haben schon so lange durchgehalten. Erlauben Sie mir diese kleine Freifahrt in die Tiefen der menschlichen Psychologie, und vergeben mir diesen Abstecher. Manchmal sollte man eben etwas genauer hinsehen, auch wenn es weh tut.

Auf dem Nachhauseweg überfällt mich urplötzlich ein richtig schlechtes Gewissen. Was, wenn ich diesem Erlkönig Unrecht getan habe, und sein spöttisches Lächeln ihm von Gott gegeben ist. Er gar nicht anders lächeln kann? Manchmal komme ich mir vor, wie in einer Salatschleuder, in die ich mich mal wieder selbst hineinmanövriert habe. Die Partnerbörse ist wahrscheinlich auch nicht besser oder schlechter als die restlichen, ausgenommen natürlich die „schwarzen Schafe." Jeder der Teilnehmer macht nichts weiter als Werbung in eigener Sache und versucht zu beeindrucken. Darüber will ich gerne großzügig hinwegsehen. In der Natur ist es ja ähnlich. Balzverhalten ist selbst dort oftmals sinnlos übertrieben. Beide Geschlechter machen sich zum Kasper und schießen übers Ziel hinaus. Hätte ich nicht schon Kenntnis davon was sich, aus der Zusammenkunft zweier sich unbekannter Menschen entwickeln kann, würden sich meine Bedenken sicherlich etwas zurückhalten. In den Medien, wird aber immer wieder darüber berichtet, dass dieses Spielchen nicht ganz ungefährlich ist. Wie viele Frauen haben dabei schon alles verloren. Materielles, Existenzielles, Ideelles und ihr Herz. Den Glauben an die Männerwelt, und letztlich den Glauben an sich selbst. Umgekehrte Fälle gibt es selbstverständlich auch. Der Groh von vielen jungen und nicht so jungen Frauen ist auf den Schwerpunkt der Materiellen Versorgung fixiert. Über einen galaktischen Altersunterschied von mehr als dreißig Jahren sieht man geflissentlich hinweg. Was unterscheidet sie von einer Hure? Das kann ich Ihnen sagen: Huren sind in der Regel ehrlich, weil sie wissen wer und was sie sind, und es meistens dabei belassen wollen. Sex gegen Geld. Eine faire Sache.

Ich mache mir schon wieder große Sorgen um meine Freundin, obwohl, es nicht meine Absicht ist. Einzig was mich tröstet ist ihre angeborene Zurückhaltung in Bezug auf Geld. Schlägt dir jemand auf die rechte Wange, dann halte noch die linke hin; umgesetzt in die heutige Zeit müsste es heißen: Nimmt dir jemand dein hart erarbeitetes Geld, dann gib ihm noch dein Sparbuch. Das kann ihr nicht passieren. Wenigstens etwas was meine Besorgnis etwas besänftigt. Ehrlichkeit und ethisches Bewusstsein kann man auf diesen Partnerbörsen nicht erwarten. Es gibt eine hartnäckige Art von Schmutz, der sich, nicht abwaschen lässt. Man sollte nur wissen worauf man sich einlässt. Das ist die halbe Miete. Schon merkwürdig, dass wir uns, so ohne Schlussbesprechung voneinander getrennt haben. Sie – meine Freundin – hat mich nicht darüber aufgeklärt was sie zu tun gedenkt. Sie wollte sich wohl meine Kommentare ersparen. Ihr spaßig gemeintes „Frau Dr. Frank" blieb heute auch aus. Damit bringt sie mich immer auf die Palme, weil sie, ohne es selbst zu bemerken, ernste Themen oftmals ins Lächerliche zieht. Ich habe Jahre dazu gebraucht um mit ihr ein wenig philosophieren zu können, und Dinge zu betrachten die sich, unter der Haut befinden. Oft genug hat sie mir gesagt, ich nähme alles viel zu ernst, und verlöre die Leichtigkeit des Seins wenn ich so weitermachte. Rege ich mich wieder einmal über unverschämte Werbelügen auf, schüttelt sie nur verständnislos mit dem Kopf. Wir sind an einem Punkt angelangt, an dem sie mir die Frage, ob wir nicht mal wieder um die Häuser ziehen sollen, überhaupt nicht mehr stellt. Diese Bitten brachten mich immer in arge Bedrängnis, weil ich viele Menschen um mich herum, nicht mehr ertragen kann. Für dieses amüsante Unternehmen, hat sie sich eine andere Freundin angeschafft, die sie dabei begleitet. Darüber bin ich sehr erleichtert, weil ich meine Scholle nur in ganz dringenden Fällen verlassen möchte. Zum Beispiel zum Einkaufen gehen. Das höchste der Gefühle. Ist diese strenge Zurückgezogenheit noch gesund? Diese Frage stelle ich mir natürlich auch. Das Ergebnis lautet: Alles wobei man glücklich ist-, alles wobei man sich wohl in seiner Haut fühlt, alles was man als richtig und gut empfindet, all das ist gesund. Ohne Zweifel. Und wer absurden Werbeversprechen erliegt, und feststellen muss dass es sich um eine dreiste Lüge handelt, der kommt schon irgendwann selbst dahinter. Der- oder diejenige kann Konsequenzen ziehen. Oder auch nicht.

Neulich hat meine liebe Freundin es mit ihrer Rücksichtnahme auf meine Lebensart ein wenig übertrieben. Wir besuchen uns immer ganz spontan, nur so zum Quatschen und uns gegenseitig auf dem Laufenden zu halten, weil uns aneinander viel liegt. Wir rufen uns vorher kurz an und fragen ob es gerade passt. Ein „Nein" wird genauso verständnisvoll akzeptiert, wie ein erfreuliches „Ja." Sie war neugierig, weil ich einen Vorstoß ins pulsierende Leben unternommen hatte, und mich einem literarischen Lese- und Autorenkreis anschließen wollte. Dieses Unternehmen war kläglich gescheitert. Sie wollte wissen was los war. Sie rief also an, und fragte mich, ob ich gerade wieder unter einem Schreibdurchfall leiden würde, oder ob sie vorbeikommen kann. „Ja", sagte ich etwas angepisst, weil sie mir mit ihrer Art der Frage verdeutlichte, was sie von meinem Hobby hält. Mein Hobby. Mein geliebtes Hobby. Immerhin ermöglicht es mir meinen Fernsehkonsum auf eine Minimum zu beschränken, und ist für mich somit ungeheuer wertvoll, da ich ja *nicht* gerne um die Häuser ziehe, wie Sie jetzt wissen. Früher, noch vor meinem Lebensunfall mit meinem Partner, hätte ich ihr eine schnodderige Antwort verpasst, die sie so schnell nichtmehr vergessen hätte. Vermutlich hätte ich ihr gesagt, dass *ihre* Sucht nach Flohmärkten keinen Deut besser sei und sicherlich nicht zu Lebenserkenntnissen beitragen könnte. Sie solle mal hübsch vor ihrer eigenen Haustür kehren. Früher hätte ich sie auf den Potter gesetzt und ihr den Kopf gewaschen. Früher. Ja. Nach meinem überstandenen Absturz sieht die Sache schon ganz anders aus. Heute akzeptiere ich dass man mich nicht gut findet. Oder, das was ich mache, sogar ablehnt. Jeder Mensch hat ein Recht auf freie Meinungsbildung. Aus diesem Grunde ist mein Vorstoß mit diesem literarischen Lese- und Autorenkreis letztlich gescheitert. Der Fehler lag aber bei mir. Ich predige immerzu die große Toleranz, und war selbst dazu, nicht in der Lage. Zweifelsfrei saßen dort ganz interessante Menschen. Leser wie Autoren. Jeder betet sich selbst an. Das ist eine Art Berufskrankheit in diesem Metier. Wäre ich nicht davon überzeugt einen kleinen Kreis Leser zu unterhalten, würde ich die Brocken längst hingeworfen haben. Das steht fest. Aber… Hier ist es wieder dieses berühmte „aber." Dort saß ein älterer Herr der das Glück hatte einen Verleger gefunden zu haben. Spezialisiert auf historische Romane, referierte er pausenlos von seinen Recherchetätigkeiten, und zitierte sich die Seele aus dem Leib. Mit meiner Frage, was er denn unter Recherchen verstehe, er könne ja wohl kaum ins siebzehnte Jahrhundert gereist sein um sich dort umzuschauen, dazu genügte doch ein Blick in vorhandene Werke, die nicht von ihm selbst stammten, sondern von Menschen, die diese Recherche längst, in Worten veröffentlicht hätten, reagierte er so, wie ich es brauche um in Fahrt zu geraten. Er ignorierte mich einfach. Die restlichen Anwesenden – Autoren und Leser aus unserer Region - bestraften mich mit giftigen Blicken. Böser, böser Eindringling sagten sie mit den Augen. Der ältere Herr, nahm seine Werbung in eigener Sache derart ernst, dass keiner mehr zu Wort kam. Nur mit einer brachialen Unterbrechung war es möglich ihn zu stoppen. Ich hasse diese Menschen, die sich für hoch intellektuell halten, und anderen damit auf die Nerven gehen. Ein Anspruch den ich niemals anstreben würde. Dazu fehlte es mir ohnehin an akademischer Ausbildung. Eine Fachhochschule ist schließlich keine Universität. Ich hörte mir dieses selbstbeweihräuchernde Geschwafel noch eine Weile an, und dann stand ich auf, ohne mich zu verabschieden. Seltsam. Menschen sind so seltsam. Man muss erst etwas Ungehöriges tun damit man Aufmerksamkeit erregt. Womöglich trifft dieses Phänomen auch auf die ungehörige Werbung zu, was mir, einiges erklären würde. Ob ich sie danach akzeptiere steht auf einem anderen Blatt. Na, jedenfalls drehten sich alle Köpfe nach mir um. Der Moderator fragte mich was los sei. Dumm gelaufen, denn ich hätte mich viel lieber auf die altbewährte hanseatische Art und Weise verdrückt, ohne dass jemand groß Notiz davon nimmt. Es musste passieren. Ich spürte es schon in mir aufsteigen. Ich bekam einen Rückfall meiner alten Schroffheit die ich so gut wie abgeschafft habe. Ich habe es wirklich und wahrhaftig gelernt den Mund zu halten, die Faust in der Tasche zu machen, und dreimal zu schlucken. Diese Methode hat mir so viel Ärger erspart, dass ich zwischenzeitlich davon überzeugt bin: Das ist der einzig wahre Weg. Aber – da ist es wieder – diesmal wäre ich daran erstickt. Und so nahm das Unheil seinen Lauf. Ich sagte zu dem freundlichen Moderator, dass ich mir dieses, selbstbeweihräuchernde Gesabbel von diesem lektorierten Penner nicht mehr länger anhören könnte. Mir sei schon ganz schlecht davon, und er – dieser freundliche Moderator – könne meinen Aufbruch, auch, als gleichzeitige Abmeldung für die kommende Zukunft betrachten. Was dann passierte kann ich nicht mehr sagen, denn ich machte auf dem Absatz kehrt und verließ den Raum. Fest steht: Das war ein Rückfall aller erster Sahne. Und das schlimme daran ist überhaupt die Tatsache, dass es mir nicht einmal ein winzig- klitzekleines bisschen leid tut. So habe ich es auch dann meiner Freundin erzählt, die sich daraufhin auf meinem schönen Sofa gekugelt hat vor Lachen, und sich überhaupt nicht mehr einkriegen wollte, diese alberne Ziege. „Meine Lele", hat sie gesagt. Meine alte Lele. Unverbesserlich und verloren für die heile Welt der Distinguierten. Sie hatte an diesem Abend die neuesten Kreationen der Genussmittel mitgebracht, die sie, sorgfältig aus der Werbung mitnotiert hatte. Zusammengerechnet ergaben sie vermutlich an die hunderttausend sinnloser Kalorien. Am Ende des Abends war nichts mehr davon übrig. Die Reue am nächsten Morgen können Sie sich sicherlich gut vorstellen. Ich habe stundenlang das Laufband geentert, um alles wieder gut zu machen. Weil ich es mir *sowas* von wert bin.

Bevor ich jetzt endgültig nach Hause fahre, muss ich noch schnell zum Geldautomaten meiner leidenschaftlichen Bank, um ein wenig nachzuladen, was ich im Bauhaus alles auf den Kopf gehauen habe. Von weitem sehe ich schon den netten Herren mit seinem Dobermannrüden auf mich zusteuern. Ich habe wirklich keine Ahnung was dieser Hund an mir findet. Wenn er mich sieht verliert er die Fassung, und stürmt auf mich zu, als bestünde ich aus Leberwurst. Seinem Besitzer ist das sowas von peinlich, dass er mir schon mehrmals Schadenersatz angeboten hat, weil sein vierbeiniger Freund mir die Klamotten vom Leib riss, wenn er so enthusiastisch an mir hochspringt und meinem Gesicht eine Vorwäsche zukommen lässt. Seine Zunge erledigt, im Handumdrehen, was Nivea mit seinen Abschminkprodukten verspricht. „Mit einem Wisch ist alles weg." Der ganze Hund – es handelt sich um ein ausgesprochen großes Exemplar – wackelt und verdreht sich derart wild, dass ich immer Angst davor habe, er könnte eines Tages in der Mitte durchbrechen. So schnell kann kein Mensch laufen, und schon stehe ich an die Wand gepresst, vom Hund erfasst, mit den Händen vorm Gesicht, hilflos seinem Herren gegenüber, der sich pausenlos entschuldigt, weil er ihm schon wieder entwischt ist. Hilft doch alles nichts, erkläre ich ihm. Ich muss in meinem vorherigen Leben ein Hund gewesen sein. Eine andere Erklärung habe ich auch nicht dafür. Natürlich bin ich über die Maßen tierlieb, aber als potenzielle Partnerin für einen tierischen Herzensstürmer würde ich mich nicht sehen. Am Anfang habe ich mich selbst gefragt, ob ich vielleicht etwas streng rieche, aber ich verdrücke vital derart viel Knobi, dass kein noch unangenehmerer Geruch, je eine Chance hätte, zu dominieren. Man hat mich schon mehrmals der Sauna verwiesen, und mich gebeten, zu warten bis die anderen alle fertig sind. Das kann es also nicht sein. Ich hoffe nur inständig. Dass mein vierbeiniger Verehrer, er heißt Tyson, zu Hause nicht fernsieht, und mitbekommt, was sein berühmter Namensvetter so alles anstellt. Ich liebe nämlich meine Ohren. Meine andere Freundin hat dieses Szenario einmal live miterlebt, und staunte nicht wenig, mit welcher unkontrollierbaren Leidenschaft, dieser Hund mich liebt. Sie zog anschließend ihre, noch faltbare Stirn zusammen, und meinte: wenn alle Stricke rissen, dann könnte dieser Hund vielleicht eine Reinkarnation von meinem verstorbenen, bösartigen Ex-Partner sein, der sich in aller Form für seine Schandtaten entschuldigen will, und womöglich bitter bereut was er getan hat. Eine gruselige Vorstellung, die ich so nicht stehen lassen wollte. Alleine die Vorstellung flößte mir Angst ein. Er wieder hier? Als Hund? Das hatte er nicht verdient. Und ich auch nicht. Soll er in der Hölle schmoren bis er gut durch ist. Ihre Vermutung beschäftigte mich danach tagelang. Immer wieder habe ich mich sinnlos im Dörp herumgetrieben, in der Hoffnung dass ich Herr und Hund begegnen würde. Dann kam der Tag an dem ich endlich Glück hatte. Geduldig ließ ich seine – die des Hundes – Liebesbeweise über mich ergehen, und fragte, nachdem sich der Ansturm ein wenig gelegt hatte, seinen Herren, wie alt der Hund denn sei. So eine große Erleichterung hatte ich lange nicht mehr verspürt. Der Hund war über sechs Jahre alt, und konnte somit keine Widergeburt dieses Irren sein. Als meine Freundin später davon erfuhr, sah man ihr, die Ratlosigkeit an. Wir werden es wohl nie erfahren was diesem Hund durch seinen hübschen Kopf geht wenn er mich sieht. Eine Leberwurst bin ich jedenfalls nicht. Die Anschaffung einer Niqab wäre unter Umständen eine gangbare Lösung. Damit hätte ich nur Vorteile. In vielerlei Hinsicht. Aber wie ich mich kenne, und mein Glück das mich immer verfolgt, säße ich im Handumdrehen im Kittchen, weil ich gegen das Vermummungsgesetz verstoßen hätte. Also verwerfe ich diesen Plan wieder, und ergebe mich. Wenigstens einer der mich liebt. Soll er halt.

Oooh, ja. Es war noch nie so komfortabel auf High- Heels zu laufen, wie mit der sensationellen Gel-Einlage von Scholl. Ich trage zwar keine hohen Schuhe, aber meine Füße schmerzen jetzt doch sehr unangenehm. Diese ultraspitzen Stiefelchen sehen zwar ultrasuper aus, verlangen aber einiges an Opfern wenn man sie den ganzen Tag trägt.

Wohlweislich der Dauer meines Ausfluges, habe ich auch artig diese Gel-Einlage hineingeschoben, bevor ich meine zarten Füße behutsam hinterherschickte. Herrn Dr. Scholl könnte ich jetzt den Hals umdrehen. Wenn diese Dinger, schon bei so niedrigem Absatz ihren Dienst versagen, wie solle es denn bei einem wirklich hohen Schuh erst aussehen. Vielleicht sollte er seine vielversprechende Werbung ergänzen, und noch anfügen, dass nach sechs Stunden Sense ist mit der Funktionstüchtigkeit dieser nicht gerade günstigen Hilfsmittel. Knappe achtzehn Euro sind ein stolzer Preis, für etwas, das bei dauerhaftem Einsatz versagt. Dafür bekommt man in einigen Geschäften, sogar ein komplettes, neues paar Schuhe. Mich ärgert nicht in erster Linie dieser sportliche Preis, sondern dass ich Herrn Dr. Scholl auf den Leim gegangen bin. Ich... die Mega -Antiwerbungs-Tussi vor dem Allmächtigen. Die, die sich ins Fäustchen lacht, wenn jemand die Chuzpe hatte, wieder einmal so einen Schwindel aufzudecken, wie kürzlich, wegen dieser gefährlichen Antibaby-Pille. Eine Schande ist das. Bereicherung auf Kosten der Konsumentinnen. Kollateralschäden werden achselzuckend in Kauf genommen. Erst muss das Kind in den Brunnen stürzen, bevor sich etwas regt. Angebliche kausale Zusammenhänge die plötzlich auftauchen, sind nichts weiter als eine selbst erteilte Absolution. Jemand müsste einmal eine Anti-Werbungs-Kampagne auf die Beine stellen, und die utopische Summe erwähnen, die sich die Pharmaindustrie alljährlich, mit teilweise dubiosen Medikamenten, so einsackt. 850 Milliarden Euro. Lassen Sie sich das einmal auf der Zunge zergehen. Die Frage, warum *ich* das nicht mache, wo ich doch an allem etwas auszusetzen haben, die können Sie sich verkneifen, liebe Leser. Mein Budget gibt eine so kostspielige Aufklärungsarbeit nicht her. Dass überlasse ich lieber, hoffentlich engagierten Journalisten die sich was trauen. Hin und wieder klappt es ja auch. Außerdem bin *ich* ein Niemand im Rädchen des Weltgeschehens. Ohne Prominentenstatus habe ich keine Lobby und bleibe unbemerkt. Mit prominenten Eltern kann ich ebenso wenig dienen. Selbst wenn mir jemand einen solchen Status auf dem silbernen Tablett präsentieren würde, und ich brauchte nur zuzugreifen, ich würde dieses silberne Tablett weit von mir schleudern. Eine öffentliche Person zu sein, wäre für mich, die Höchststrafe. Lieber säße ich den Rest meines Lebens in einem Syrischen Knast ein. Krass. Ja, ich weiß. Trotzdem glaube ich nicht, dass ich mit dieser Haltung so ganz alleine dastehe. Wer von uns würde denn wirklich mit Frau Dr. Merkel tauschen wollen, hm…? Raus mit der Sprache. Und ehrlich bleiben bitte. Ja. Die arme Deern macht doch nur was ihre heilige Pflicht ist. Gut, zurzeit schießt sie etwas übers Ziel hinaus und teilweise vorbei, aber alles in allem macht sie einen hervorragenden Job. Ich neige fast dazu zu sagen, sie ist die beste von allen bisherigen Kanzlern überhaupt. Wenn ich sie auf der Mattscheibe sehe, kommt mir immer diese saudumme Werbung in den Sinn, in der es wortwörtlich, ungelogen heißt: „Diese Creme verleiht ihnen die Erhaltung ihres jugendlichen Lächelns." Dafür bekämen sie von mir Lebenslänglich, diese Werbegenies. So eine Anmaßung, so eine dreiste Behauptung, von einem Produkt zu vorzugaukeln, dass es ein Lächeln in ein jugendliches Lächeln konservieren könnte. Frau Dr. Merkel hat schon mit Dreißig nicht mehr jugendlich ausgesehen, ganz einfach deshalb nicht, weil sie eine ernsthafte Frau ist, und ihre Physionomie es noch nie hergegeben hat. Außerdem hat sie – ganz besonders in dieser unvorhergesehenen Zeit – überhaupt nichts zu lächeln. Tonnenweise könnte sie sich dieses Zeug ins Gesicht schmieren, notfalls könnte sie ein paar Schlucke davon zu sich nehmen, es würde an ihrem Lächeln nichts ändern. Ich finde sie hat ein sehr hübsches Lächeln, aber eben kein jugendliches. Jugend, Jugend, Jugend... Ihr habt sie doch nicht alle, ihr idiotischen Werbeagenturen. Für jeden Cent, den ihr für diesen Schwachsinn einkassiert, solltet ihr euch in Grund

und Boden schämen. Satt bin ich es. Satt bis oben-
hin. Und genau deshalb, boykottiere ich, genau
diese Produkte mit aller Vehemenz ganz gezielt.
Euch liebe Werbe-Schwachmaten, möchte ich ganz
kurz erklären, wo genau ein jugendliches Lächeln
seinen Ursprung findet. Nämlich in der inneren
Haltung die man lebt. Eine alternative Möglichkeit
existiert einfach nicht. Einzig die Haltung ist dazu
in der Lage, die von ihnen so überbewertete Jugendlichkeit, über ein ganzes Leben zu konservieren. Falten bekommt man aber trotzdem. Sie können sich auf den Kopf stellen und mit den Füßen
wackeln, er ändert nichts. Schon mit vierzig Jahren
ist man jenseits aller angestrebten Jugendlichkeit,
weil man unwillkürlich, irgendwann, wenn auch
spät, einfach eine Reife erlangt, die das Leben so
mit sich bringt. Und die Richtung in die man vo-
ranschreitet, die ist immer dieselbe. Nämlich immer weiter älter werden. Der eine von uns hat etwas mehr Glück, und ist mit einer hervorragenden
Genetik in Bezug auf die Epidermis ausgestattet,
der andere hatte eben weniger Glück. Wer sich
damit nicht abfinden will, der muss sich unters
Messer begeben. Ob dies dann die richtige Lösung
ist, das möchte ich dahingestellt sein lassen. Soll
mir jetzt bloß keiner auf die Idee kommen, und
behaupten, ich sähe das alles viel zu eng, oder
noch schlimmer: Ich sei eine Querulantin. Völliger

Blödsinn. Es ist wie ich es sage. Zur Erhaltung der Jugendlichkeit, ist jedes Mittel-, jede Lüge recht. Unterm Strich - genauer betrachtet - geht es um eine ganze Menge Geld, die sich, mit diesem Wahn verdienen lässt. Und dabei ist doch gute, ansprechende Werbung gar nicht so schwer. Nehmen Sie sich ein Beispiel an der Automobilindustrie. Vermutlich wird auch hier geflunkert, aber nicht so offensichtlich, und äußerst charmant. Mir ist noch keine Werbung für ein bestimmtes Fahrzeug untergekommen, die mir – auch selbst nach mehrmaliger Betrachtung - irgendwann den letzten Nerv geraubt hätte. Hierbei muss ich mich nicht auf meine Fernbedienung stürzen, und mir fast das Genick dabei brechen, wenn sie mal zu weit weg liegt um den Ton sofort auszuschalten. Man kann es gut ertragen. Die Smart-Werbung hat sogar einen kleinen Suchtfaktor bei mir ausgelöst. Oder Amazon. Dieses süße kleine Mini-Pony. Einfach entzückend. *Das*, liebe Kosmetikwerbungslügner, das ist richtig gute Arbeit. Auch Edeka findet meine Begeisterung. Voll und ganz. Überhaupt: Mit Humor kann man so einiges rausreißen, was nicht so ganz vollkommen ist. Humor ist natürlich bei der Bestrebung nach ewiger Jugend völlig fehl am Platze. Wer von uns findet es schon lustig wenn er altert und im Galopp auf den jüngsten Tag zustürmt. Wer? Hm...? Rechtfertigt das aber diese verkommene Lügerei? Wohl kaum. Es nützen alle Bemühungen und alle falsche Versprechungen rein gar nichts. *Sie* machen sich nur unnötig unglaubwürdig. Das, was die meisten Produkte können, ist völlig in Ordnung und völlig ausreichend um uns liebevoll zu pflegen. Wir sind doch weitestgehend damit zufrieden, und besitzen so viel Verstand, dass wir eigentlich wissen sollten: „Wer in den falschen Zug einsteigt und es zu spät bemerkt, der kann, so lange wie er will in die entgegengesetzte Richtung rennen, er wird nichts an seinen misslichen Umständen ändern." Was soll`s. Ernähren wir uns lieber bewusst und gesund, damit erreichen wir mehr als man uns in der Werbung anbietet. Es gibt ja leider kein Ministerium mit einem Sonderausschuss, der sich, um den genauen Wahrheitsgehalt von Kosmetikprodukten kümmert. So viele Arbeitsplätze könnte man damit erschaffen. Ein hübsches, neues Anti-Lügen-Referat. Leider wunderbar unmöglich. Da hatten sie alle noch einmal richtig Schwein gehabt, sie Creativ-Art- und Marketing Direktors vom jugendlichen Kosmetik-Wahnsinnsstern. So absurd wie sich die Dinge in den letzten Jahren entwickelt haben, sollte man, all das schöne Geld den Krankenkassen spenden, damit sie wirklich totunglückliche Menschen, die unter einen wirklichen Defekt leiden, kostenlos eine Schönheitsoperation ermöglichen. Damit wäre ihnen dann wirklich geholfen. *Plub.*

Neben mir, parkt gerade ein Nachbar aus dem Haus in dem auch ich wohne, seinen Wagen ein. Ein Mini-Cabrio. Sehr schöner Wagen, zu einem beachtlichen Preis für so wenig Blech. Aber: Man gönnt sich ja sonst nichts. Draußen ist gerade mal so halbwegs der Frühling angekommen, alle Hausfrauen stürmen die Gartencenter in den Baumärkten um Primeln und Co. käuflich zu erwerben, während er das Dach von seinem hübschen Wagen aufklappt, und sich die Glatze unterkühlt. Zwar scheint die Sonne, aber es ist immer noch ziemlich frisch draußen. Mein zwanghaft junggebliebener Nachbar – er ist so um die sechzig, also in meinem Alter – trägt zu seinem Cabrio die passende Frisur. Modell „Stay open." Er versteht es Aussagen aus der Werbung umzusetzen, und holt es heraus: „Das Beste im Mann." We love to entertain you, nimmt er selbst in die Hand. Er lebt frei nach dem Motto: „The People like my. Wo gibt's noch Qualität wie diese", und lässt sich seinen Revuekörper Outfits ganz fitery im Internet zusammenstellen. Warum nicht? Alleinstehende Männer sind so, vor katastrophalen Fehlgriffen, wenigstens gefeit, und schonen unser Augenlicht. Ohne Frage; er ist immer sehr schick. Er könnte als hochbezahlter

Gesellschafts-Tänzer für alleinstehende Damen, auf jedem Kreuzfahrtschiff Karriere machen. Für meinen Geschmack ist er eine Spur zu dandyhaft gekleidet, aber ich will ihn ja auch nicht heiraten. Soll er machen. Am Anfang, als ich hier eingezogen war, waren wir beide natürlich auch noch mehr als zehn Jahre jünger. Nachdem er spitz bekommen hatte, dass ich ohne Anhang mein Leben fristete, lud er mich immer wieder zu einem Kaffee und Kuchen ein. Er ist nett, und auch nicht zu aufdringlich, aber eben nicht mein Geschmack. Mein Geschmack ist so katastrophal, dass ich es zum Eigenschutz lieber nachlasse. Um nicht als unnahbar und unfreundlich abgestempelt zu werden, kränken wollte ich ihn auch nicht, weil wir uns ja unweigerlich immer wieder über den Weg laufen müssen, hatte ich ihm für einen Sonntagnachmittag zugesagt, und traf mich mit ihm in einem kleinen Café hier im Dörp. Aber... Ich wollte ihn trotzdem dauerhaft loswerden. Was tun, um danach immer noch als nett, und ohne schlimmeren Nachruf noch durchgehen zu können? Was sollte ich tun? Das war hier die Frage. Ihm klar machen dass ich nicht daran interessiert sei diese Bekanntschaft weiter auszudehnen? Das wäre zu plump gewesen. Ein paar fiese Tricks habe ich schon drauf, das gebe ich offen zu. Bei einem Nichtraucher falle ich sehr gerne mit der Tür ins Haus, und zünde mir eine Zigarette nach der anderen an. Wenn das nicht hilft, zücke ich – so ganz unabsichtlich nebenbei - ein Foto von meinem Erzeuger hervor, auf dem er eine Kippa trägt. Und wenn gar nichts hilft, dann präsentiere ich meine perverse Vorliebe für Knoblauch, indem ich mich mit vorher daran richtig gütlich tue, woraufhin mich anschließend ein extravagantes Odeur umgibt. Das hilft. Garantiert. Einmal, habe ich es so stark übertrieben, dass ich in der darauffolgenden Nacht von meinem eigenen Gestank wach geworden bin. Man bekommt davon auch einen Höllenbrand, und gibt die Wasserflasche nicht mehr aus der Hand. Nun gut. Er hier war aber ein ganz spezieller Fall. Diese drei Tricks, die ich eben genannt habe, sind ja nicht nur fiese Tricks, sondern auch tatsächlich ein Bestandteil meiner Lebensart. Allerdings in gemäßigter Form. Die kannte er also schon von vergangenen Begegnungen, und war bisher nicht wirklich abgeschreckt. Jetzt war guter Rat teuer. Er, der modisch aus dem Internet bekleidete Herr mit dem „In-Auto", und ich, die zurückgezogene, unauffällige, unnahbare Nachbarin des Hauses; das gemeinsam, hätte als mögliche Symbiose eine gewisse Kompatibilität nicht leugnen können. Zu dumm. Aber ich hatte da schon so eine Idee. An besagtem Sonntag tauchte ich tief in meine Abstellkammer ein, und fischte ein paar ganz besondere Kleidungsstücke aus der guten, alten Zeit hervor. So rabenschwarz wie meine Seele aus der Vergangenheit. Lange Haare habe ich bereits, und die kann man gelegentlich etwas wilder auftuen als es für eine seriöse Optik gut ist. Damals passte, die zwischenzeitlich angestiegene Anzahl meiner Falten, auch noch etwas besser zu meinem gewählten, strengen Make up, als dies heute der Fall wäre. Vielleicht sollte ich zur Klärung noch erwähnen, dass ich die Gothic-Mode sehr schön finde. Ich mag diese jungen Menschen die sich optisch so ausleben. Sie gefallen mir. Na, ja. Sie können sich schon denken was kommt. Ich schwebte als perfekte Gothic-Queen auf den Tisch zu, an dem er schon wartete und auf die Eingangstür peilte, wo ich denn bliebe. Er hat mich nicht einmal erkannt. Erst als ich Platz genommen hatte gefror ihm das Blut in den Adern. Hätte unser Schöpfer ihm eine sofortige in Luftauflösung ermöglicht, er hätte es getan. Eins zu null für mich. Bis er einen halbwegs zusammenhängenden Satz formuliert hatte, war sein Kaffee kalt. Die ersten Schweißperlen traten auf seine Cabrio-Stirn, und er rutsche auf dem Stuhl hin und her, als säße er auf Ameisen. Ich tat als sei alles in bester Ordnung, und bestellte mir mit den besten Manieren, ein kalorienschwangeres Stück Schwarzwälder Kirschtorte. Mein Favorit unter dem Himmel außerhalb der Triple Choc Cookies Galaxie. Es machte mir großen Spaß sehr, sehr langsam zu essen. Dies erhöhte die Nachhaltigkeit, dieses, von meiner Seite aus etwas unfreiwilligen Rendezvous. So nach und nach fand er seine Sprache wieder, wagte es aber nicht, mich, nach dem Grund meines Aufzugs zu fragen. Ein Gentleman der alten Schule. Was ihn allerdings nicht daran hinderte sich nervös umzublicken, ob uns auch bloß niemand sehen würde den wir aus unserem Haus kannten. Leider – muss ich in diesem Fall sagen. Leider war niemand da. Es schmälerte mein Vergnügen erheblich, welches ich, unbestritten und offen zugegeben, dabei hatte. Um das Ganze noch auf die Spitze zu treiben fragte ich ihn, ob er mich dieses kurze Stück mitnehmen könnte, wenn wir wieder nach Hause wollten, weil ich so unbequeme Schuhe anhätte, worauf er hektisch aufsprang, und sagte, er müsse noch zu einer Verabredung mit einem Freund der schon längst auf ihn warten würde. Was Ausreden anbelangte, zeigte er sich hier deutlich weniger kreativ, als bei der Wahl seiner jugendlich angehauchten Bekleidung. Zweifarbige Schuhe, und ein zartrosa Jackett über einem schwarzen Hemd mit zartrosa Krawatte. Sie ließ ihn kreativ im Stich, seine Modeauswahl. Wir haben nie wieder einen Kuchen zusammen gegessen, und auch keinen Kaffee getrunken.

Eben, als er vorfuhr, hatte nicht gesehen dass ich noch im Wagen saß, und steuerte deshalb jetzt so unbedenklich in die freie Parklücke neben mir. Erst als ich die Tür öffnete registrierte er meine Anwesenheit. Ihm wird bewusst dass es zu spät ist, und dass es dumm aussehen würde, wenn er jetzt noch einmal einen anderen Platz aussuchte. Notgedrungen schält er sich aus einem Mini und schenkt mir ein knappes „Hallo." Dann ward er nicht mehr gesehen. Dieses Lächeln, was Sie jetzt auf meinem Gesicht zu sehen bekommen würden wenn dies denn möglich wäre, dass nennt man ein schadenfrohes Lächeln. Und…: Das nennt man eine perfekte Nachhaltigkeit, denn immerhin ist dieser vorhin geschilderte Vorfall, mehr als zehn Jahre her. Er geht mir immer noch aus dem Weg.

Als ich mich zu meinem Briefkasten hinunter-bücke - er befindet sich so etwa einen halben Meter über dem Fußboden und stellt sich gerade als Nachteil in diesem Haus heraus - knackt es im Gebälk. Das war eine dumme Bewegung. Eine Hexe schießt mir in die Lendengegend. So ein Mist. Hoffentlich habe ich eine, der bis zum Ab-winken angepriesenen Salben zu Hause, die alles können, außer sofort. Eine Wanne mit heißem Wasser hilft soforter als dieser ganze Sofort-Kram. Unbestritten und hinterhältig, überkommt mich wieder einmal die Erkenntnis: Ich werde alt. Daran ändert auch eine Creme mit Inhaltsoffen vom Kaviar nicht mehr viel. So ein Döschen des erlesenen Schönheitsmittels kann locker schon mal an die vierhundert Euro verschlingen. Das bin ich mir dann doch nicht wert. Ich verzehre lieber eine Dose echten Kaviars, in dem ich diesen Inhaltstoff in meinen Mund hineinstecke. Mit einem Jaguar in der Garage und einem Nerz im Schrank könnte ich gerade so mithalten, obwohl mein Jaguar ein anderes exotisches Tier ist. Die erforderlichen „Drei Tiere", die eine kluge Frau braucht, die kriege ich aber nicht zusammen, weil mir der „dumme Hund" zu Hause fehlt, der alles bezahlt. Insofern wird das nichts werden mit der sündteuren Kaviarcreme. Nicht meine Gewichtsklasse. Und ob sie tatsächlich was kann, dass weiß der Geier oder Frau Geiss.

Endlich. Endlich wieder zu Hause. Nur noch wenige Meter bis zur Tür, dann habe ich das Ziel erreicht. Eben hatte ich doch noch... Ach, da ist er ja. Mit Schlüsseln aller Art stehe ich etwas auf Kriegsfuß. Ständig bin ich am Suchen. Man müsste einmal ausprobieren ob es funktioniert, wenn man einen leistungsstarken Magneten hinunterwürgt, ob man sich die einzelnen Schlüssel nicht auf den Leib kleben könnte. Wenn es ginge würde ich es beim Patentamt anmelden. Mal sehen. Vielleicht komme ich irgendwann auf dieses Experiment zurück. Jetzt hüpfe ich als nächstes erst einmal ins heiße Badewasser, damit sich mein Filet wieder beruhigt. Der Anrufbeantworter blinkt. Er muss warten, die Gesundheit geht vor. Wenn man wie ich, kein Freund davon ist, gegen jedes Wehwehchen gleich eine Superdroge einzuwerfen, dann muss man eben erfinderisch werden. Mudders alte Hausmittel erweisen sich nicht selten als sehr hilfreich. Heißes Wasser hilft bei vielen Arten von Schüssen der gemeinen Hexe. Ein wenig Meersalz ins Badewasser, beruhigt auf natürliche Weise ein strapaziertes Nervenkostüm. Man kennt sich aus mit der Zeit. Och nee… Wer stört? Kann man nicht einmal in Ruhe leiden? Es ist zum Mäuse melken. Das ist meine andere Freundin. Wenn ich da nicht rangehe versucht sie es am laufenden Band, weil sie weiß, dass ich, außer Vormittags wenn ich laufen gehe, eigentlich immer zu Hause bin. „Ja, Hallo. Wir kaufen nix."

„Wo warst du denn den ganzen Tag. Ich versuche seit Stunden dich anzurufen. Akku alle?"

„Ich war jagen. Im Lebensmittel- und Baumarkt. Was ist denn so Wichtiges, ich will in die Wanne."

„Übermorgen ist ein Jubiläum in Outlet-Center, und an diesem Tag gibt es Rabatte bis zu 70%. Ich wollte fragen, ob du nicht Lust hättest mitzukommen. Ich brauche neue Schuhe."

„Klar. Schuhe. Was sonst."

„Ja. Schuhe. Braune. Zu meiner neuen Hose."

„Braune. Du hast auch sonst keinerlei braune Schuhe, oder was."

„Nein, ja. Natürlich habe ich braune Schuhe, blöde Frage. Aber eben nicht solche, wie ich gerade jetzt brauche, verstehst du?"

„Ja."

„Was ja?"

„Ja. Ich verstehe."

„Und?"

„Und was?"

„Kommst du jetzt mit, oder was?"

„Wenn du mir jetzt nicht die Freundschaft aufkündigst, würde ich gerne davon Abstand nehmen. Ich bin seit neun Uhr mit nichts anderem beschäftigt als mit einkaufen. Mir reicht`s vorerst. Außerdem habe ich mich eben blöde gebückt, und die Hexe hat mich geschossen."

„Ja, wenn das so ist."

„Das ist so."

„Na dann…"

„Ein andermal."

„Ja. Ein andermal. Tschüssi."

„Tschüss, tschüss."

Jetzt aber ab in die heiße Heilung. Telefon ausstöpseln, 87.75 einschalten, Kerze anzünden, Cola-light einschenken, Handtuch nicht vergessen, und fer-

tig. Ich komme. Es geht nicht so fix mich zu ent-
kleiden weil es hintenrum so weh tut. Ein wenig
jammern sei gestattet. Und dann... ah. Das ist gut.

Outlet. Das magische Zauberwort... Outlet. Bei
dessen Erwähnung, Frauen, von einer Sekunde zur
anderen einen verklärten Schleier des Shopping-
Glanzes über den entrückten Blick ziehen. Sie geben ihre Kinder in der betreuten Spiele-Ecke ab um
den Focus nicht unnötig zu zerstreuen, spielen
kurz mit dem Gedanken sie für immer dort zu
belassen, und wünschen sich für den begleiten-
den Gefährten eine Schniedel-Ecke. Eine derartige
Einrichtung ist leider noch nicht erfunden. Jedenfalls nicht bei uns. Wie es im Ami-Land damit aussieht, das weiß ich nicht. Im Ami-Land ist alles
möglich. Sie bereiten sogar ein herkömmlich al-
terndes Gesicht so auf, dass es anschließend so
aussieht wie ein Fleischteller. Um auf die Schniedel-Ecke zurückzukommen: Beim nächsten Besuch
werde ich einen Hinweis an die Markt-Leitung
hinterlassen. Diese Einrichtung trüge zur Umsatz-
steigerung und Gewinnvermehrung bei. An Stelle
von Märchen- und Malbüchern, könnten sie ein
Abo mit der Playboy Redaktion vereinbaren. Vielleicht ist man mir ja dankbar.
Der Tempel stark reduzierter Designermode kann
froh sein, dass clevere Architekten eine Stahlbeton-

Skelettbauweise bevorzugten. So können sich wenigstens keine Balken verbiegen. Meine Wenigkeit hat sich dort selbstverständlich auch schon umgesehen, und festgestellt, dass man sehr aufmerksam bleiben muss wenn man nicht belogen werden will. Das Internet ist auch für ein Outlet eine scharfe Konkurrenz geworden. Und: Das Outlet-Center hat ein Netz. Obacht. Barcodescannung ist hier möglich. Hier fehlt die Folie auf dem Dach. Am Ende war die einsichtige Einsicht bei mir eingetroffen, dass Mode die sonst teuer, nicht mehr an die Frau zu bringen ist, weil sie aus der letzten Saison stammt, auch nicht unbedingt in meinem Kleiderschrank das Gnadenbrot bekommen müsste. Bis vor meinem Lebensunfall war es Tatsache so, dass ich mich, ohne neuestes Designer-Outfit, stigmatisiert und ausgestoßen fühlte. Das lag aber nicht an der Kleidung die ich bevorzugt trug, sondern an meinem mangelnden Selbstbewusstsein. Alleine die *Haltung* ist ausschlaggebend, mit welcher man eine Mode – egal welches Label - trägt. Ich habe wild entschlossen meine vorhandene Persönlichkeit, meinen Anstand, mein ethisches Bewusstsein und meine Vernunft in den Warenkorb gelegt, und bin zur Kasse gegangen. Den Entschluss, mich nicht mehr diesem Mode- und Label-Diktat unterwerfen, den habe ich keine Sekunde bereut. Sätze wie: „Wo gibt es noch Qualität wie diese", können mich nicht mehr beeindrucken, weil ich dafür jetzt eine profane Antwort wüsste, die da lautet: „Überall Leute. Überall dort, wo man es sich leisten kann, ein paar Euro mehr hinzublättern wenn man es sich wert ist, oder glaubt, es sich wert sein zu müssen. Wenn man sich zu wichtig nimmt, und das Wesentliche längst aus den Augen verloren hat. Wenn man irrtümlich glaubt, zwischen der Bauchspeckfalte müsse eine goldene Moschino-Gürtelschnalle, eingeklemmt, sein Dasein fristen, wenn man dem nächsten Irrtum unterliegt, und glaubt, dass eine Kelly Bag, alleine aus der Tatsache heraus dass sie am Arm baumelt, Eleganz und Exklusivität verleiht, obwohl man doch eigentlich das größte Trampel ist, der auf diesem Planeten herumläuft."

Wenn jetzt, nur ganz kurz, jemand da wäre der mir wieder aus der Wanne hilft, würde ich eine helfende Hand nicht ausschlagen. Verflixt, tut das weh. Mich an meinen geliebten PC zu setzen und ein paar Ideen aufzuschreiben, das kann ich getrost vergessen. Zum Lesen bin ich zu unkonzentriert, also was bleibt? Die Kiste an der Wand, und eine Kuscheldecke. Auch aus der Werbung. Made by Zalando. Ein Stück Käse, ein paar Salzstangen, mein Getränk und mein Tablet-PC. So ist man gut ausgerüstet für einen erholsamen Fernseh-Abend. Auch wenn es vielleicht noch ein bisschen zu früh dafür ist. Meine Kräfte haben mich für andere Unternehmungen vollends im Stich gelassen, weil eine Hexe mich erlegt hat.

Dieser kleine, handliche PC ist aber auch schon die größte Raffinesse in meiner digitalen Welt zu Hause. Über einen Computer brauchen wir heute nicht mehr zu reden. Er ist so selbstverständlich wie eine Zahnbürste. Wer keinen besitzt, der kullert aus der Gegenwart. Mehr lasse ich aber nicht zu, damit ich meine neu konditionierte Seelenhygiene nicht unnötig verkleistere. Einen Scanner noch, damit hat es sich auch schon. Es ist endlich soweit. Der frühe Abend beginnt. TV-Programm bei Frau Google antippen, und schon geht der Ärger los. Haben Sie zufällig auch schon festgestellt, wenn man einen bestimmten Anbieter zwei- dreimal hintereinander anwählt, dass er sofort mit unaufgeforderter Werbeeinspielung verhindert, dass man das Programm in Ruhe auswählen kann. Das ist so eine fiese Masche, weil sie vermutlich damit bezwecken wollen, dass man es leid ist so unverschämt daran gehindert zu werden. Man soll natürlich die Zeitschrift kaufen, schon klar. Aber nicht mit mir. Ich habe Zeit. Wozu gibt es Texttafeln in den TV-Programmen. Das dauert zwar ein bisschen länger, aber es geht. Geduld ist ohnehin eine Eigenschaft, in der ich mich ständig neu trainieren muss. Aber sollen sie doch draußen bleiben aus dem Internet, diese TV-Programm-Anbieter, wenn es doch eh nur eine unaufrichtige Anlockung sein soll. Diese aufdringliche Werbung habe ich mir noch nie angesehen, und noch nie ein Werbe-Fenster geöffnet. An meinem Briefkasten hängt ein Schild in Magentafarbe, auf dem zu lesen steht: „Wagen Sie es nicht hier Werbung einzuwerfen. Ich besitze einen großen Hund." Der Postbote grinst immer wenn er mich sieht, weil ich um diese Uhrzeit, oft zum Laufen aus dem Haus gehe. Natürlich weiß er, dass ich keinen Hund besitze, aber er hält sich daran. Kürzlich hat mich so der Zorn gepackt, dass ich einen ganzen Stapel Kataloge geschnappt habe und ihn an den Eigentümer zurückschickte. In das Päckchen habe ich mein gesamtes Altpapier hineingepackt, und sie auf die Mail hingewiesen die ich Monate zuvor gesendet hatte. Darin stand: Dass sie es bitte unterlassen sollen, nur weil ich *einmal* etwas bestellt hatte, mich regelrecht zu bombardieren, zu stalken. Das nahm wirklich Überhand. Diese Hochglanzkataloge kosten doch eine Menge Geld. Wieso sie so hartnäckig sind, obwohl man nichts mehr bestellt, das verstehe ich nicht. Wo liegt der Sinn? Die Mode dort ist teuer. Außerdem man bekommt sie im Online-Shop. Also was soll das? Sind doch sowieso immer Wiederholungen in den Katalogen zu sehen. Das macht noch weniger

Sinn. Das Geld für teure Kataloge und Porto könnten sie sich allesamt sparen. Vor allen aber die Anzahl der verschickten Exemplare regt mich auf. Sie grenzt wirklich an Stalking. Werbung kann so gnadenlos sein. So aufdringlich, so unsinnig.

Ein Stück Käse schwebt vor meinem Mund, und auf dem Bildschirm werden gerade Füße mit Nagelpilz präsentiert. Ein heilendes Produkt wird in höchsten Tönen gelobt. Den Käse lege ich lieber wieder beiseite und trinke dafür einen Schluck. Dann folgt die nächste Werbung. Ein neues Smartphone wird angeboten. Wieder einmal. Der große Segen der heutigen Zeit. So wichtig wie ein Haustürschlüssel. Ohne, kommt man nicht rein. Als die Dinger auf den Markt kamen entschied ich mich bewusst dagegen. Aus Liebe zu meiner Nackenmuskulatur, zwei intakte Daumen besitze ich auch noch, und weil ich nicht einsehen kann, dass ich irgendwo unterwegs, unbedingt ins Internet müsste. Die allgegenwärtige Erreichbarkeit mit einem gewöhnlichen Handy reicht vollkommen aus. Der Lebensmittelgroßmarkt, ohne Netzempfang, ist ein wahres Geschenk. Diese Entscheidung bewahrte mich davor, dass ich mich, der allgemeinen Sprachlosigkeit anschloss. An Stelle von einem Emoticon benutze ich meinen Mund. Diese kleinen runden Dinger, die soll der Teufel holen. Die reinste Seuche. Ich hatte einmal einen Freund... Nee.

Nicht Freund. Das wäre eine falsche, übertriebene Bezeichnung. Guter Bekannter trifft es eher auf den Punkt. Jedenfalls; dieser gute Bekannte war – falsch - *ist immer noch,* Professor an der größten deutschen, technischen Universität. Mathematik-Professor, um etwas präziser zu werden. Liebe Frauen: Lasst die Finger weg von einem Mathematiker. Es ist die staubtrockenste Variante eines Homosapiens die man sich überhaupt vorstellen kann. Dieser hochbegabte Mann hat eine Lebens-Vita die einen Meter lang ist. Ein Genie seines Fachs. Unter einem Berg von Zahlen verschüttet, hat er nicht nur verlernt was eine sexuelle Handlung ist, nein, ihm ist auch seine von Gott gegebene Sprache abhandengekommen. Zu seiner Ehrenrettung muss ich erwähnen, dass er sich von Werbung und Konsum nicht beeindrucken lässt, aber – da ist es wieder, dieses hübsche „aber." Alles was mit Technik und Computern zu tun hat, all dies, erfreut sein Mathematiker-Herz in höchsten Tönen. Seine SMS-Nachrichten-, seine Mails entbehren große Worte. Er bedient sich üppig an diesen verhassten Emoticons. Und ich sollte dann immer wissen was er damit meint. Ich bin doch nicht Einstein, und habe auch nicht ständig so eine Bedeutungsliste zur Hand. Jedes Mal nachsehen zu müssen, was dieses runde Ding mir denn jetzt sagen möchte, das ging mir gehörig auf den Zeiger. Diese

Sprachlosigkeit ging sogar so weit, dass er sich vom allem was philosophisch daher kam, in die Enge getrieben fühlte. Einmal hatte ich die Fassung verloren und ihn böse angefaucht. Hinterher tat es mir leid, weil ich übers Ziel hinausgeschossen war, und ich sagte: „Verzeih mir bitte", weil ich diese Formulierung für anständig hielt. Ich kann Ihnen sagen: Das hätte ich besser stecken lassen. Diese Worte waren ihm sowas von peinlich. Am liebsten hätte er sich vor lauter Verlegenheit unter den Teppich verkrochen, oder am besten gleich ganz unsichtbar gemacht. Ein ganz simples „sorry" wäre ihm viel lieber gewesen. Die Schönheit der deutschen Sprache verursachte seinem Nerd-Empfinden allertiefste Scham. „Jetzt komm, komm..." War alles was er erwidern konnte. Damit beabsichtigte er mich aufzuhalten und nicht weiterzureden. Selbst ein Genie seines Faches-, ein Professor der eine Ausbildungs-Vita von einem Meter Länge vorweisen kann, selbst er beliebt sich - ein bisschen da-da - eher schlicht auszudrücken. Ist das nicht schade? Jammerschade? Wenn ein Mensch nur noch in den Tiefen seines technischen Spielzeugs sein Dasein fristet, und dabei verlernt Mensch zu sein, möchte ich am liebsten meine sieben Sachen packen und mich aufmachen, um ins vorhergehende Jahrhundert reisen, um dort, einen längerfristig, ausgedehnten Erholungsurlaub zu verbringen. Vermutlich hat mein Ex doch recht mit seiner Behauptung, dass ich, von einem anderen Planeten abstamme. Dabei will ich mich doch nur vor der technischen Versiegelung retten, und offen meine schöne Sprache anwenden dürfen, ohne mich dafür zu schämen. Wenn ich jetzt hier gegen die teils saudumme Werbung rebelliere, doch auch nur, weil ich großen Wert auf meine Seelenhygiene lege. Mehr nicht. Das war schon alles. Dieses Model „Nerd", hatte natürlich keine dauerhaft hohen Lebenserwartungen in meinem Dunstkreis. Er fiel – nach jahrelanger Geduld - meiner konsequenten Entsorgung zum Opfer, obwohl es mir ziemlich schwer gefallen ist. Wenn Sie jetzt der Meinung sind, ich hätte mich ruhig ein wenig anpassen können, gebe ich Ihnen ja auch Recht. Aber möchten Sie sich mit ihrem Partner, in Zukunft nur noch über Symbole verständigen, die seinen jeweiligen Gefühlszustand offenbaren? Oder hätten Sie große Lust dazu ein akademisches Studium für Gebärdensprache zu absolvieren? Ich nicht. Wozu habe ich denn diesen Mund bei meiner Grundausstattung erhalten? Und weil es im echten Leben auch nicht viel anders ist als an der Börse, handle ich nach dem Prinzip: First in und First out.

Gerade kommt die nächste Werbung-, frisch gepresst und gar nicht mal so neu, in meine undigitalisierte gute Stube. Der allerneueste Handytarif, zu dem man *genau jetzt,* unbedingt wechseln sollte wenn man clever ist. Alle vier Wochen sollte man das tun, weil in diesem unangenehmen Rhythmus ständig neue Angebote erfunden werden. Irgendwann ist man zwar bekloppt in der Birne, aber wenigstens hat man dann die günstigste Flatrate. Apropos Flatrate... Ich war letztes Jahr mit meiner Freundin – die, die sich auf Partnerbörsen herumtreibt. Die, bei der ich heute gewesen bin – eine Woche zum Skilaufen im Montafon. Wir haben diese Reise bei einem der unzähligen Internetanbieter gebucht. Bis es endlich soweit war dass wir im Auto saßen und losfahren konnten, war ich mit den Nerven so runter, dass ich wohl besser umgehend ins nächste Reha-Zentrum gefahren wäre. Wir haben geschlagene vier Stunden dazu benötigt, überhaupt erst einmal zu sondieren, welche Anbieter es überhaupt gibt. Man kann sie kaum noch zählen. Sie überflügeln sich gegenseitig in höchstem Maße. Permanent, von zahllosen Werbeeinspielungen gestört, war das ein wirklich hartes Stück Arbeit. Als wir damit endlich zu Ende waren, habe ich meine Freundin angefaucht und ihr gesagt, dass wir in dieser vertanen Zeit schon fast die halbe Strecke mit dem Auto gefahren wären, und uns direkt vor Ort hätten umsehen können. Ich sei sehr ungeduldig und ziemlich undankbar, meinte schulmeisterlich sie zu wissen. Würde die Ersparnis nicht schätzen und so weiter. Dabei hatte sie aber selbst ganz rote Flecken im Gesicht, weil sie sich zu sehr angestrengt hatte. Zwar sparten wir am Ende wirklich etwas ein, verschenkten dafür aber einen halben Tag Urlaub. Mich persönlich dauern die Reisebüros in die man früher ging oder einfach nur anrief, um die Angestellten diese Arbeit erledigen zu lassen. Ich frage mich immer wie sie überhaupt noch überleben können. Ähnlich wie die Zeitungsverlage, die allesamt auf dem letzten Loch pfeifen. Und wie bezahlen diese Reisebüros überhaupt ihre teuren Ladenmieten. In unserem kleinen Dörp gibt es gleich zwei Stück davon. Eines davon an einem Standort, wo der Quadratmeter Ladenmiete schlappe 70,- Euro kostet. Wie geht das? Mir wird himmelangst um die Existenz diverser Anbieter. Keinen Tag möchte ich mit ihnen tauschen müssen. Von wegen undankbar. Meine Dankbarkeit ist schier grenzenlos. Ganz sicher. Ich bin dankbar nicht in die heutige Zeit hineingeboren worden zu sein.

Aaah… Werbung für Smoothis. Dieses feine Zeug für all diejenigen, die zu faul sind zum Kauen. Wenn Sie mich fragen, dann würde ich jetzt behaupten, dass man auf diesen hübschen, bunten Behältnissen Warnhinweise anbringen sollte. Die immer und überall, sehr benachteiligte Tabakindustrie, wurde gerade eben dazu verdonnert, unappetitliche Bilder auf die Verpackungen zu drucken. Ist Tabak tödlicher als Alkohol? Und was ist unangenehmer...? Wenn Ihnen draußen auf der Straße jemand begegnet der etwas müffelt, oder jemand der Ihnen volltrunken den Tag versaut, weil er sie anpöbelt und ins Ohr plärrt? Entscheiden Sie selbst. Mir, ist der Müffler tausendmal lieber. Aber mich fragt ja keiner. Wenn auf den modernen Smoothies, außen die Kalorien in Leuchtschrift aufgedruckt wären, würde der Umsatz rapide sinken. Zumindest bei der Fitness-Fraktion. Kostspielig sind sie auch, diese kleinen, süßen Vitaminspender. Aber was um Himmels willen ist das denn? Weißere Zähne nach nur *einer* Anwendung? Mit *Turbo-Whitening-Booster?* Withe now go? Hä...? Kann mir mal jemand helfen das zu übersetzen? Withe now go? Wie sagte Goethe dereinst...: „Und sie lispeln englisch wenn sie lügen." Dieser Mann hatte Recht, obwohl *er* zu seinen Lebzeiten noch überhaupt nicht ahnen konnte, was für ein Dreck noch alles auf uns zukommen würde. Seinen Visionen stimmen auf den Punkt genau. Ein anderer Hersteller lässt behaupten, sein Produkt sei so stark wie echte Zähne. So, so. Ist ja gut. Ich habe es verstanden, werde ihre Zaubermittelchen aber trotzdem nicht kaufen. Notfalls putze ich mir mit Backpulver die Zähne, dass funktioniert wenigstens kostengünstig. Und noch etwas... Warum sieht mein Tunfischsalat nicht so aus wie der vom prominenten Kevin Kostner? Ist der vielleicht etwas Besseres als ich, nur wie er prominent ist? Jede Wetter, er isst ihn nicht einmal auf, weil der feine Herr Kostner vermutlich nur weißen Tunfisch zu sich nimmt. Den, den man besser nicht essen sollte, weil es nur noch wenige davon gibt. Ich bräuchte jetzt eine Tebonin. Ich kriege schon wieder Ohrgeräusche, verflixt. Ah, ja. Und was ist das? BHs werden neuerdings gemixt. Na dann. Fröhliches mixen. Mir langst für heute. Ich werde mich aufraffen und eine DVD einschieben, sonst bekomme ich wieder einen Anfall. Eine DVD ist überhaupt die Lösung. Da weiß man wer's macht. So ein krimineller Kreditanbieter ist dann doch noch schneller als ich. Er erklärt die Schufa- und bonitätsprüfungsfreie, einfache Möglichkeit an schnelles Geld zu kommen. Wenn *ich* mal wieder zu Geld komme, stifte ich eine LKW-Ladung Taumea und schicke sie dorthin. An jeden von ihnen ein paar Kilo. Taumea hilft gegen starken Schwindel. Mal sehen ob es hilft. Ich habe so gerne schlechte Laune. Deshalb tue ich mir das immer wieder an. So habe ich wenigstens einen geregelten Adrenalinhaushalt in meinem Körper. Einmal habe ich diesen Werbekonsum derart übertrieben, dass ich anschließend meinen Kopf in einen Eimer,

mit Eiswürfeln angereichertem Wasser, tief einge-
taucht habe, so dass ich um ein Haar ertrunken
wäre. Es war mir eine Lehre.

Ich denke, meine beiden Fernseh-Studien-jahre,
neigen sich dem Ende zu. In Zukunft werde ich
sorgfältig prüfen was ich verkonsumiere und in
meinen Kopf hinein lasse. Wo soll diese Reise noch
hingehen? Vermutlich will ich es gar nicht wissen,
weil ich sowieso nicht mitfahren will. Lieber lasse
ich mich als altmodisch und hinterwäldlerisch
abstempeln. Meine bereits erwähnte Seelenhygiene ist mir wichtiger. Leben Sie ruhig weiterhin auf
Pump wenn sie damit glücklich sind. Geld muss
fließen. Das steht in jeder Esoterik-Bibel. Aber
denken Sie daran: Bearbeitungsgebühren für Kre-
ditverträge wurden per Gesetz abgeschafft. Halten
Sie die Augen offen, lesen Sie das Kleingedruckte.
Bei der Suche nach Ersatzeinnahmen für den Weg-
fall dieser Bearbeitungsgebühren war man bereits
kreativ am Werk. Und glauben Sie nicht, dass eine
„Vorfälligkeits- Entschädigung" ein Betrag ist, der
als Wiedergutmachung an Sie zurückerstattet
wird. Da irren Sie sich. Es ist genau andersherum.
Huch... ist etwa schon Night? Schon viel zu spät
für eine lange DVD. Dann lieber morgen. Morgen
Abend ist auch noch ein Tag. Ich begebe mich jetzt
auf meine komfortable Tempur-Schwebematratze.
Eine der besten Investitionen die ich mir je geleis-

tet habe. Werbung die nicht lügt, ist selbst bei mir herzlich Willkommen. Besten Dank für den Tipp, und gute Nacht.

Wo bleibt nur die Zeit wenn man jenseits der fünfzig ist? Manchmal denke ich, dass ein gewiefter Dieb, ein paar Wochen aus dem Kalender gestohlen hat. Es liegt auf der Hand, dass diese galoppierende Zeit, eindeutig mit dem Alter zu tun hat. Vieles nimmt plötzlich an Kostbarkeit zu, anderes hingegen verliert deutlich an Wert. Hat man etwas verpasst, oder sollte dringend noch etwas erledigen – erleben, was eine Anreicherung ausmachen könnte? Wo liegt der Sinn in unserem Dasein? Wer stellt sich diese Frage nicht? Es gibt aber keinen Sinn. Wir sind einfach nur da, und sollten dankbar dafür sein, nicht zerstören was uns zur Verfügung steht. Ist er wichtig... dieser Sinn? Wohl kaum, finde ich. Alles hat seine Zeit. Ob „ER" immer mit allem einverstanden ist was wir hier unten so treiben? Niemand kann das wissen. Hoffen wir das Beste. Und hoffen wir, dass die Liebe dabei nicht auf der Strecke bleibt, weil sie auf irgendeiner Festplatte festhängt, oder sich in einem Smartphone verheddert hat.

Es ist an der Zeit, dass ich wieder einmal zu meiner Freundin fahre, weil wir uns nun etliche

Wochen nicht gesehen haben. Sie - die Freundin die so gerne auf Partnerbörsen herumkurvt - war nämlich in den letzten Wochen seeehr beschäftigt. Sie hatte sich mit diesem Arni eingelassen und Bekanntschaft mit seinem spöttischen Lächeln gemacht. Wie bitte…? Sie wollen wissen was passiert ist? Sie hätten ein Recht darauf, weil Sie so lange durchgehalten haben? Stimmt! Na schön. Ich werde es Ihnen erzählen, obwohl es eigentlich nichts mit meiner kleinen Revolution gegen die Werbung zu tun hat. Aber wenn Sie unbedingt wollen, dann will ich mal nicht so sein. Ich bin auch manchmal nett. Ein bisschen jedenfalls.

Also: Sie hatte sich mehrmals mit ihm getroffen, und ihm anschließend natürlich Einlass in ihr Haus gewährt. Zuvor hatte sie sich aber die Mühe gemacht, um nachzuprüfen, wo er wohnt und wo er *angeblich* arbeitet. Alles Lüge, wie sich später herausstellte. Er wohnte in einem Vier-Familien-Haus das nicht ihm gehörte, sondern in *einer* von diesen vier Wohnungen, die ihm, zusammen mit seiner in Trennung lebenden Noch-Ehefrau, *gemeinsam,* und nicht ihm alleine gehörte, so wie er es wahrscheinlich lieber gesehen hätte. Halbehalbe sozusagen. Hier steht ihm noch etwas bevor wenn er ausziehen muss, weil sie selbstverständlich, die Hälfte davon beanspruchen kann. Außerdem hatte er vor ein paar Wochen seine Arbeit verloren. Dies erfuhr meine Freundin durch einen fingierten Anruf in dieser Firma. Otelo verlangte sie ihn zu sprechen, woraufhin man ihr mitteilte, dass Herr V. nicht mehr bei ihnen angestellt sei. Aus Datenschutzrechtlichen Gründen könne man ihr leider seine private Telefonnummer nicht aushändigen. Das versteht sich von selbst. (Was hat eigentlich das Altmännergesicht von Günter Netzer mit einem Handynetz zu tun? Ich finde die Assoziation nicht heraus.) Die Dame in der Vermittlung dieser Firma, in der er angeblich arbeitete, handelte absolut korrekt. Den Namen des Unternehmens hatte er ihr - naiver Weise - verraten, weil er wohl im Traum nicht daran dachte, dass meine Freundin es nachprüfen würde. Sich angebetet und verehrt zu fühlen, kann einem schon mal die Vorsicht vernebeln. Der gute Arni war also auf Arbeitsuche, und nicht in einer Festanstellung, wie er vorgab. Außerdem brauchte er bald einen adäquaten Unterschlupf, wenn es soweit wäre, dass er, aus der gemeinsamen Wohnung ausziehen muss, fehlte ihm ja ein angemessenes Dach über dem Kopf. Meine Freundin, das sollte ich noch kurz erwähnen, ist stolze Besitzerin eines hübschen Häuschens, und eine noch stolzere Besitzerin eines kleinen Pools in ihrem schönen Garten. Wir genießen diesen Komfort immer sehr wenn der Sommer sich eingefunden hat, um uns mit ihrer Wärme zu verwöhnen. Neidgefühle liegen mir absolut fern, worüber ich sehr, sehr dankbar bin, dass mir dieses schmerzhafte Gefühl, ein Leben lang erspart geblieben ist. Ich gönne ihr diesen Luxus von ganzem Herzen. Neid ist Gift für alle Seelen, weil sie damit nicht zur Ruhe kommen können, die Seelen. Was sonst? Ein Herz kann Neid ertragen, weil es für solche Empfindungen nicht - wie viele irrtümlich glauben - zuständig ist.

Der gute Arni hatte also Lunte gerochen, als er sah, in welchen Verhältnissen meine Freundin lebt. Glücklich geschieden, zwei erwachsene Kinder die längst aus dem Haus sind, finanziell unabhängig. Sozusagen Altlastenfrei. Perfekt. Sie hatte ihn mir absichtlich nicht vorgestellt, und zwar aus einem ganz einfachen Grund: Ich hätte ihn – sie ahnte es - mit meinen Nachfragen verbal filetiert und meiner Freundin die Tour versaut. Sie führte ja was im Schilde, wie ich damals schon vermutete. Sie kennt mich wirklich in- und auswendig, versteht es meine Mimik umzusetzen, und weiß was in mir vorgeht. Warum sollte es so sein, dass immer Männer ihren Spaß haben wollen, absahnen, mitnehmen was sie so kriegen können, und Frauen, wie so oft, auf ihre Leidensfähigkeit geprüft werden? Damit hat sie zwar Recht, aber ich persönlich halte, dieses Spielchen für unkalkulierbar und sehr gefährlich. Mein Ding wäre es nicht. Aber ich bin ja auch ein gebranntes Kind, und viel zu misstrauisch. Man sollte mich nicht mitzählen. In dieser Beziehung bin ich nämlich ein richtiger Feigling. Das gebe ich offen zu.

Der gute Arni machte sich also nicht nur im Haushalt und im Garten nützlich, weil er beabsichtigte sich quasi unentbehrlich zu machen, nein. Er kochte sich die Seele aus dem Leib, und verwöhnte meine Freundin nach allen Regeln der Kunst. Bezahlen ließ er die erforderlichen Zutaten aber meine Freundin. Dabei ging er sehr geschickt vor. Er gestand ihr natürlich nicht dass er arbeitslos war, und tat immer schrecklich überbeschäftigt. Er habe überhaupt keine Zeit zu erübrigen, machte er ihr weis. Er trug ihr, anhand eines ausführlichen Einkaufszettels auf was sie einzukaufen hatte, und verlor anschließend, keine Silbe darüber dass er sich daran beteiligen würde oder wollte. Sicherlich rechnete er seine kleinen Dienstleistungen dagegen auf. In Bezug auf seine Ordern die er ihr auftrug, stellte er sich, als wahren Gourmeggle heraus. Er war nicht gerade zimperlich. Die feinsten Köstlichkeiten wählte er hemmungslos aus. Der Preis spielte dabei keine nennenswerte Rolle. Alles fein aus der Werbung herausgefischt. Was er aber nicht ahnen konnte, woher auch, war das geheime Wissen meiner Freundin. Sie ließ ihn wirklich ordentlich schuften, und hatte immer neue Wünsche was er noch alles reparieren-, aufräumen, umstellen, abhacken und streichen könnte. Sie ließ ihn alleine kochen und setzte sich mit aller Selbstverständlichkeit an den gedeckten Tisch. Und... Sie zerrte ihn, wann immer ihr gerade der lustvolle Sinn danach stand, auf die vier Quadratmeter des waagerechtesten Möbelstückes im Haus. Kurzum: Sie nutzte ihn – vorwiegend auf besagten vier Quadratmetern - nach Strich und Faden aus. So viel Zeit war gar nicht vergangen, und Herr Arni bekam einen Anfall von plötzlichem Selbstbewusstsein. Dies äußerte sich dahingehend, dass er sie immer öfter- und immer unverschämter kritisierte. Sie sollte seinetwegen die Raucherei komplett einstellen. Oha... Sie raucht gerne. Sie sollte nicht so oft am Computer ihre Zeit verbringen, Facebook löschen, beim Aufräumen der Küche mehr behilflich sein, das ein oder andere zehn paar Kilo abspecken – das weiß sie selbst – und, das war dann sein endgültiges Todesurteil: Aufhören so laut zu schnarchen. Als ob sie etwas dafür könnte, und als ob sie das ganz einfach mal eben so abstellen könnte. Der hat vielleicht Nerven, der gute Arni. Meine Freundin hätte das Spiel ganz gerne noch ein wenig ausgedehnt, zumal er sich auf besagten vier Quadratmetern, als ganz tüchtig erwiesen hatte. Aber die Kritik gegen ihre Schnarcherei... war dann doch des Guten zu viel. Sie hatte genug vom schönen Arni. Dies wiederum, konnte der schöne Arni, überhaupt nicht verstehen. Wie kann eine Frau vom Kaliber meiner Freundin – er fand sie ja zu dick - sooo einen schönen Mann verschmähen? Das gibt es doch auf keinem Schiff. So etwas war ihm bisher noch nie passiert. Sein Entsetzen nahm kaum noch ein Ende. Seine Versuche, an der Situation etwas zu verändern, waren eher halbherzig, schlaff, bis gar nicht vorhanden. Eine Lähmung hatte ihn ergriffen. Tja... Meine Freundin setzt eben Prioritäten. Auch wenn sie ein paar Kilo zu viel mit sich herumträgt. Da ist sie knallhart wenn es darauf ankommt. Ich persönlich finde sie bildschön. Wir definieren uns nicht über Äußerlichkeiten. Das überlassen wir den Damen mit unzähligen Schönheitsoperationen und künstlichen Ersatzteilen. Und all jenen, die glauben nur dann wer zu sein, wenn irgendein angesagtes Modelabel an ihren Klamotten prangt. Wir haben das nicht nötig. Wir sind echt und auch gerne mal unhandlich bis kantig.

Die Intension aus welcher heraus, sich viele Männer in Partnerbörsen herumtreiben, fand in diesem Fall eine jähe Wende. Gleichberechtigung bis unter die Bettdecke. Arni war sein spöttisches Lächeln gehörig vergangen. Seine Rechnung war nicht aufgegangen. In Zukunft müsste er wieder ein öffentliches Schwimmbad aufsuchen wenn er sich erfrischen wollte. Nicht, dass ich meiner Freundin nicht endlich einen wirklich *guten* Mann an die Seite wünschen würde, ich stehe *immer* loyal auf ihrer Seite. In diesem Fall jedoch war ich wirklich sehr erleichtert. Wenn ich behaupten würde, dass sich meine Schadenfreude in Bezug auf diesen Arni nicht meldete, wäre das glatt gelogen. Das möchte ich nicht. Ich will ganz ehrlich zu Ihnen sein. Aber er… Er hatte es nicht besser verdient. Später erzählte sie mir noch, dass er, unter einem anderen Profilnamen weiterhin auf dieser Plattform präsent war, obwohl er schon fast ein bisschen bei ihr wohnte. Er fuhr zweigleisig, der schöne Arni. Alleine deswegen schon sei ein winziges bisschen Schadenfreude doch erlaubt, nicht wahr? Meine Freundin vertraut meiner Menschenkenntnis von Tag zu Tag mehr. Dieser Verlustschmerz über den schönen Arni hielt auch nicht sehr lange an. Sie nutzte ihre Krise als Chance, und… ging einkaufen.

„Was ist denn bei dir los? Hast du deinen Kellerraum an Edeka untervermietet? Ist der Wohlstand ausgebrochen, machst du einen Laden auf, oder leidest du an einer neuen Konsumkrankheit? Was soll das denn?" Ich erwische sie eben dabei, wie sie in ihrem Kellerersatzraum – die Tür steht weit offen, einen ganzen Wäschekorb voller Reinigungsmittel einsortiert. Sie ist ganz schwitzig von den schweren Lasten die sie dabei hin und her wuchtet. „Hier", sagt sie, und dreht sich gnädiger Weise, endlich zu mir um, obwohl sie vollbeschäftigt ist. „Schenke ich dir. Und das hier auch noch. Oder noch besser... Mach mal deinen Kofferraum auf, ich habe noch mehr davon. Ich müsste zweihundert Jahre alt werden wenn ich das alles aufbrauchen sollte." Ich gehe verdutzt zu meinem Auto, und habe staunend den Mund offen stehen, weil ich überhaupt nicht begreife kann was hier vor sich geht. Hat sie einen Zulieferer-LKW geentert? Einen Fabrikanten kennengelernt? Vielleicht selbst eine Firma für notleidende Dorfbewohner gegründet? Nein. Das sind alles Sachen die ich aus dem Supermarkt kenne, und die auch für nicht motorisierte Dorfbewohner, in einem winzigen Tante-Emma-Laden um die Ecke, jederzeit eingekauft werden können. Im Handumdrehen sieht es in meinem Kofferraum aus, als hätte ich für die Bewohner meines Hochhauses, einen rabattierten Sammeleinkauf hinter mir. Während wir dieses Zeug in mein Auto schleppen, erzählt sie mir, dass sie ein neues, spektakuläres Hobby entdeckt hat. Das sei der Knüller schlechthin. Zweitaufwendig, aber lukrativ. Was ein Hobby mit Reinigungsmitteln und Kosmetikartikeln zu tun hat, will mir vorerst nicht einleuchten. Außerdem sind in den neu angebrachten Regalen noch andere Waren, dicht an dicht, aneinandergereiht. Sogar Konserven und Chips-Tüten. Im letzten Regal sitzt so viel Klopapier, dass es der gesamten Bundeswehr, für mindestens zwei Monate ausreichen würde. Ich kann gar nicht mehr hinsehen. Hier ist etwas Schreckliches passiert. „Nein, nein", meint sie beruhigend. „Es ist alles in allerbester, sortierter Ordnung. Mein neues Hobby heißt: Couponing extrem. Extremst spaßbringend, weil ich so viel Geld dabei spare. Ich bin vom Jagdfieber infiziert. Aber Hallo." –„Das sehe ich. Und wozu ist das Ganze gut, wenn es doch-, wie du eben selbst so treffend festgestellt hast, aussichtslos ist, dass du zweihundert Jahre alt wirst?" Sie ist so in Aktion, dass sie mich überhaupt nicht richtig wahrnimmt, mir nur mit einem Ohr zuhört. Ich fürchte sie wird gleich wahnsinnig. Mir fehlen die Worte, was mich etwas schweigsamer macht als sie es sonst von mir gewohnt ist. Erst als wir in ihrer schönen Küche – die alles kann außer billig – sind, und uns einen Becher Kaffee aus der Maschine herauslassen, schenkt sie mir endlich ihre ganze Aufmerksamkeit. „Warum hast du denn am Telefon nichts erzählt von deinem anspruchsvollen Hobby? Wir haben doch sooo oft miteinander telefoniert... Das verstehe ich nicht. Nachrichtensperre, oder was?" Sie ist um keine Ausrede verlegen, und erklärt mir dass sie wüsste, dass ich sowieso dafür kein Verständnis aufbringen würde, weil ich in Bezug auf Konsum, in letzter Zeit etwas sehr schräg drauf sei.

„So, so. Schräg drauf meinst du."

„Ja. Schräg."

„Und? Stört dich das? Soll ich gehen?"

„Blöde Kuh."

„Selber blöde Kuh."

„Du sieht schlecht aus. Alles in Ordnung?"

„Ja. Alles gut. Mir geht es gut."

„Echt? Na dann.

„Nochmal was von Arni gehört?"

„Kein Sterbenswörtchen."

„Gut so. Drecksack, der."

„Das kannst du laut sagen. Aber du siehst wirklich schlecht aus. Irgendetwas stimmt nicht mit dir. Raus mit der Sprache."

„Ich bin nur genervt. Mehr nicht."

„Worüber?"

„Scheiß Computer."

„Was ist damit?"

„Habe einen Fehler gemacht."

„Und der wäre?"

Und dann bricht es aus mir heraus, als wenn jemand den Stöpsel aus einem jahrelang verstopften Vulkan herausziehen würde. Ich bin so sehr wütend über mich selbst, dass mir fast die Tränen kommen. Albern wie ein trotziges Kind, stampfe ich mit dem Fuß auf dem Boden auf, und fluche wie ein Seemann. Ich hatte die neueste Version von Microsoft heruntergeladen, und das nur deshalb, weil Microsoft mich regelrecht gestalkt hat. Sie sind mir mit ihrem Angebot einer kostenlosen Reservierung der neuesten Version, so lange auf die Nerven gegangen, bis ich schwach geworden bin. Immer wenn ich mich gerade an etwas gewöhnt-, wenn ich mich mit etwas angefreundet habe, kommt irgend so ein Software-Depp daher, und erfindet eine neueste Version. Ich könnte auf der Sau durchs Dörp reiten. Dummerweise war ich mit meinem Download etwas zu voreilig, und hatte nicht daran gedacht dass diese blöde Mühle, selbstverständlich nach dem Download einen automatischen Neustart machen würde. So ein verdammter Mist aber auch. Ich hatte ungefähr achtzehn Seiten an meinem neuen Buch geschrieben – ein Autor weiß was achtzehn Seiten bedeuten – und nicht, wie es gesund ist, abgespeichert. So blöd kann auch nur ich sein. Bis ich begriffen hatte was da gerade vor sich ging, war die Katze sowieso, den berühmten Baum schon hoch. Alles weg. Alles perdue. Achtzehn Seiten für die Katze des Nachbarn. Und alles natürlich vergessen was ich da gerade in mühevoller Konzentration geschrieben hatte. Das war der Schock. Autorenschicksal. Vor lauter Zorn habe ich mich erst einmal ausgeheult, was mich allerdingst auch nicht viel weiterbrachte. Ich musste mich so sehr zusammenreißen, dass ich die Mühle nicht in meinem Wahn aus dem Fenster warf. Ich wollte schließlich nicht in der Zeitung die Titelseite zieren. Überschrift: „Affäre Lele F." Gestern ereignete sich an der Küste ein schwerer, ungewöhnlicher Unfall. Beim Passieren eines Hochhauses wurde ein unschuldiger Passant von einem Computer auf den Kopf getroffen, der aus einiger Höhe aus einem der Fenster geworfen worden war. Die Verletzungen waren so schwerwiegend, dass der Getroffene, noch auf dem Weg zur Klinik seinen Verletzungen erlag. Die Staatsanwaltschaft - ha, ha, ausgerechnet die - ermittelt.

Ich konnte den Artikel schon vor Augen sehen, und riss was es zusammenzureißen gab, mich zusammen. Das kostet Kraft. Das kostet Schlaf. Deshalb sehe ich vermutlich etwas angestrengt aus. Meine Freundin steht mit mir zusammen, immer noch in der Küche die alles kann außer billig, vor der Kaffeemaschine und hört sich alles geduldig an. In ihren Mundwinkeln zuckt es verräterisch. Wenn sie jetzt lacht dann haue ich ihr eine runter. Sie beherrscht sich. Das will ich aber auch meinen. Dann nimmt sie mich tröstend, liebevoll in den Arm, streichelt meinen schreibgebeugten Rücken und sagt: „Willkommen im Hauptmenü." Ich spüre wie ihr Körper ein bisschen zuckt, und weiß genau woher das kommt. Mir geht es nicht viel besser. Wir sehen uns- an den Armen haltend an, und lachen wie zwei Außerirdische, die mit Sicherheit nicht alle Dioden richtig verdrahtet haben. Sofort ist das Leben wieder schön und alles ist vergessen und vorbei. Meine liebe Freundin hat ihren entenfütternden, spazierengehenden, fernsehabendliebenden, einkaufsbegeisterten Frauenversteher, der ein Obdach suchte, wieder abgeschüttelt, und ich werde meine Dummheit schon irgendwann überwinden. Was sind schon achtzehn Seiten? Worte, mehr nicht. Sowas passiert einem aufmerksamen User nicht zweimal. Aus Fehlern wird man gescheiter. Man wächst und wächst und wächst. Solange... bis der Kopf eines Tages in den Himmel ragt.

Die Sache mit dem Couponing extrem, die habe ich bis heute nicht wirklich verstanden. Einzig was ich daran begriffen habe, ist: Es ist die Ausgeburt des Konsumwahnsinns. Wie sie genau funktioniert, diese Ausgeburt des Wahnsinns, will ich überhaupt nicht wissen. Verrückt wird man nur einmal im Leben. Und einmal reicht. Diese seelische Umdisponierung- diese geistige Neuprogrammierung, die habe ich schon vor Jahren hinter mich gebracht. Ich kann wirklich und wahrhaftig, mit Fug und Recht behaupten, dass ich ein bisschen verrückt bin. Was mich an diesem Zustand so tröstet, ist nicht nur die Tatsache dass es sich gut anfühlt, da gibt es Worte die mir in Erinnerung geblieben sind. Worte, die einmal ein Bewerber offen ausgesprochen hatte. Er sagte damals: „Ein bisschen doof ist niedlich."

Heute macht der Planet Werbung in eigener Sache. Die Sonne scheint als gäbe es kein Morgen. Ich will sie sehen und spüren. Will auf einem imaginären Gipfel stehen wenn der Nebel über den Rist hinab ins Tal fällt-, Wolken sich hurtig beeilen, die Sonne mit ihrer Kraft nur so prahlt, mich wärmt, mich besänftigt. Der Wind mich neckend berührt und der Regen – mein geliebter Regen - mich liebevoll küsst. Wie schön es doch ist, wenn unten im Tal des Lebens jemand auf dich wartet, der keine Erwartungen an eine Freundschaft hat. Der dich liebt wie du bist. Mit all deinen schrulligen Macken, auch ohne dichtes, verführerisches Augenhaar und ohne jugendliche Alabasterhaut. Der seinen Blick voller Empathie auf deine Mängel richtet und sie einfach übersieht. Ein Mensch mit Tiefgang. Ein Mensch mit ausgewogener Eigenliebe ohne Allüren. Einer, der nimmt und gibt ohne aufzurechnen. Einen echten Freund-, oder eine echte Freundin so wie ich sie habe. Ich bin so reich.

Sterben ist niemals schön. Für niemanden von uns. Auch wenn man uns "*danach*" Anderes verheißt, in dem kommenden Paradies das auf uns wartet-, uns einlädt für immer und ewig zu verweilen. Nutzen wir die Zeit zwischen Ankunft und Heimreise, zwischen Alpha und Omega, um als *Menschen* zu wandeln und nicht als manipulierte Marionetten. Werbung ist gut wenn sie gut ist. Und schlecht wenn sie schlecht ist. Lernen wir, das Eine vom Anderen zu unterscheiden.

So, liebe Leser, bewaffnet mit Kindle und Co. Selbstverständlich auch die Bücherwürmer. Die sogar bevorzugt, falls es sie überhaupt noch gibt. Jetzt habe ich Sie lange genug vollgequatscht und mache endlich Schluss. Passen Sie gut auf sich auf und geraten Sie nicht unter die Räder falscher Werbe-Versprechungen. Behalten Sie die Süßwasserhaie der Werbung immer im skeptischen Auge. Achten auf gut verdauliche „#", und machen notfalls einen großen Bogen darum. Ich wünsche ihnen eine stabile Gesundheit, und noch ein schönes digitales Leben. Das Beste oder Nichts. Es zahlt sich aus. Ich kaufe mir beim nächsten Tankstopp ein Eis, und werde weiterhin auf Figur formende Unterwäsche verzichten. Ich fühle mich gut so wie ich bin. Immerhin habe ich fünfhundert Millionen andere Spermien abgehängt. Was für ein Sieg. Tschüss, tschüss ihr lieben. Ich bin dann mal weg.

Nachwort:

Eine Wimper ist geschehen.

Nach dem letzten Fernsehabend, den mit der ärgerlichen Werbung, gönnte ich mir eine längere, wohltuende Pause. Die Seelenhygiene, Sie verstehen. Mein Kopf besteht auf derartige Maßnahmen, weil: den Müll muss man ja auch ab und an nachunten bringen. Ob Sie es glauben oder nicht, selbst ein abgeklärter Mensch wie ich, glaubt an die Kraft der Gedanken. Ist man dazu in der Lage sein Gehirn auf positive Gedanken zu konditionieren, passieren plötzlich kleine Wunder. Esoterischer Käse denken Sie jetzt vielleicht. Nein, nein. Probieren Sie es selbst mal aus. Sie werden staunen. Es liegt doch auf der Hand: Wenn man schlechte Gedanken mit sich herumschleppt, fühlt man sich auch schlecht. Logisch, oder? Wenn man natürlich nicht genau hinsieht, entdeckt man diese kleinen Wunder nicht. Es lohnt sich die Augen offen zu halten und die Gedanken nicht zu zerstreuen. Unterschätzen Sie diese Kraft der Gedanken nicht leichtfertig. Mir sind da schon Dinge geschehen, die reichten aus um ein neues Buch zu schreiben. Auch fürchterliche Dinge; andere Menschen betreffend. Ihre Argumente, die ich bis hierher hören kann, die lasse ich nicht gelten. Von wegen Illusionen schaffen und so. Illusionen schaffen Sie sich, wenn Sie zutraulich alles glauben wollen, was die Werbegaukler ihnen, aus ihrer Schlangengrube heraus, so alles frei Haus servieren. Mein früherer Universitätsprofessor hat sich auch nicht zurückgehalten, und mir, mit einem spöttischen Lächeln stets seine Missbilligung mitgeteilt. Gesagt hat er nie etwas, und ein Emoticon für „Missbilligung" gibt es offensichtlich noch nicht. Also blieb er sprachlos. Um jetzt aber auf den Punkt zu kommen was passiert ist, erzähle ich Ihnen kurz, nur ganz kurz von meiner Beobachtung… von wegen Kraft der Gedanken.

Gestern Abend – ich lag noch in den letzten Wehen dieses Buches – legte ich eine kurze Pause ein, weil ich mich etwas sammeln wollte, und mein Magen knurrte. Etwas Zerstreuung täte mir gut, dachte ich, und ließ mich dazu hinreißen nach der Fernbedienung zu suchen. Wie immer, mit dem Teller auf den im Schneidersitz gefalteten Beinen, nahm ich ein kleines, asoziales TV-Dinner zu mir. Nichts Besonderes. Nur zwei Scheiben Vollkornbrot mit Lachs und Meerrettich. Sehr gesund und schmackhaft. Eine Tasse Kaffee - ich weiß, um diese Uhrzeit ist das ein Frevel, aber ich bekenne mich zu dieser Sucht – und ein Glas Wasser zur Neutralisierung und um den Durst zu löschen. Wasser und Kaffee sind selbstverständlich von der Werbung inspiriert, ich bin ja auch nur ein Mensch. Soweit, so gut. Ich schalte also den flachsten aller flachen Flachbildschirme ein, und nehme mir vor, mich auf keinen Fall zu ärgern. Es ist die Sache ja im Grunde nicht wert. Ganz sicher sein kann man zwar nie, aber was soll ich sagen: Mein Vorhaben wird ganz überraschend, ganz unvorhergesehen, tatsächlich und wahrhaft, aus dem Stehgreif heraus, mit so einem kleinen Wunder belohnt. So hurtig kann ohnehin niemand nach der Fernbedienung greifen um Abhilfe zu schaffen, und schon gar nicht mit vollem Mund und voller Konzentration auf den Teller zwischen den Beinen, damit die Brote nicht herunterrutschen und am Ende noch das schöne Sofa verschmutzen. Demütig nahm ich sie wahr… diese Werbung. Rein aus Profilaxe stöhnte ich ein wenig, aber das wäre überhaupt nicht nötig gewesen. Diese *neue* Mascara-Werbung ist – halten Sie sich fest – *ohne* großzügige Beimischung altbekannter Lügen. Keine falsche Wimper weit und breit. Echte Augenbehaarung. Wahrhaftig und offensichtlich. Ich war so geschockt dass ich vergaß zu kauen. Wie ein paralysiertes Eichhörnchen glotzte ich auf die Mattscheibe. Zu allem Elend habe ich mich sogar ein bisschen verschluckt und musste husten. Ein kleines Bröckchen entwische meinem Mund und klebte jetzt doch auf der weißen Couch. Verschluckt und hustend beobachtete ich angespannt dieses kleine Wunder, so sehr brachte mich dieses besondere Ereignis aus meiner weiblichen Fassung. Wenn ich schon aufgegessen gehabt hätte, wäre ich hinunter auf die Knie um ein Dankesgebet zu sprechen. Aber ich ließ es sein. Alleine schon deshalb, weil ich nichts verpassen wollte, von diesem – man kann es nicht oft genug betonen - kleinem Wunder. Ich verspreche es Ihnen Herr Factor, ich verspreche Ihnen hoch und heilig: Morgen, in aller Herrgottsfrühe, um die Uhrzeit wenn die Geschäfte gerade öffnen, werde ich vor dem nächstbesten Drogeriemarkt eine Ein-Frau-Schlange bilden um Ihr wundervolles Produkt käuflich erwerben. Sie haben mein Herz erobert, und ich versichere Ihnen, das ist gar nicht so leicht. Ich bin wirklich ein zäher Brocken und nicht so einfach zu überzeugen. Ich versichere Ihnen nochmals Herr Factor, mit all meiner tiefen Liebe zur Wahrheit: Sie haben ab sofort eine neue, dankbare Kundin mehr in Ihrer Bilanz. Max, ist übrigens ein schöner Vorname. Max, wie maximale Realität. Auch wenn ich mich nicht über mein Äußeres definiere, Herr Factor. Für Sie... werde ich mich in Zukunft ab und an schön machen, weil Sie bewiesen haben, dass es *doch* geht: Zu werben ohne zu lügen.

Lele Frank

Tanz
der
Optimisten

Roman

R. G. Fischer

Weitere Bücher der Autorin Lele Frank:

„Tanz der Optimisten"
338 Seiten, ISBN-Nr. 978-8301-1623-3   14,80 €
Nach einer wahren Begebenheit. Teilbiographie.

„Wenn Peter zu der Hure geht"
248 Seiten, ISBN-Nr. 978-3-7375-2701-9   8,99 €

„J...(L)etztendlich 60"
276 Seiten, ISBN-Nr. 978-3-7375-3393-5   8,99 €

„Ärsche die nach Süden ziehen"
164 Seiten, ISBN-Nr. 978-3-7375-2700-2   6,49 €

„Das Haar in der Suppe"
280 Seiten, ISBN-Nr. 978-3-7375-2747-7   8,99 €

„Tödliche Blicke"
224 Seiten, ISBN-Nr. 978-3-7375- 3225-9   7,99 €

„Guten Tag, ich bin das Glück.
Darf ich reinkommen?"
157 Seiten, ISBN-Nr. 978-3-7375-3432-1   8,49 €

„Impotenter Mann gesucht."
134 Seiten, ISBN-Nr. 978-3-7375-3779-7   7,49 €

„Auf die Plätze, fertig ..., Vergebung" „Glück" „Liebe" -
Trilogie,   124, 120 und 120 Seiten
ISBN-Nr. 978-3-7375-3-4523-5, - 4524-2, 4525-9   je 5,99 €

„Tagebuch eines Bleistifts"
418 Seiten, ISBN-Nr. 978-7375-3-4619 -5   9,95 €

„Heideres Strandlääba." (Heiteres Strandleben)
108 Seiten, ISBN-Nr. 978-7375-3-6246-1   4,99 €

„App in den Himmel" ©
260 Seiten, ISBN-Nr. 978 -7375-3-6487-8   8,49 €

„Brüder Blut"
236 Seiten, ISBN-Nr. 978-3-7375-6945-3   7,49 €

„Oktobermond"
248 Seiten, ISBN-Nr. 978-3-7345-1543-9   9,99 €

Zeitfracht Medien GmbH
Ferdinand-Jühlke-Straße 7
99095 Erfurt, Deutschland
produktsicherheit@kolibri360.de